달팽이의 운명

달팽이의 운명

초판 1쇄 인쇄 2014년 08월 26일
초판 1쇄 발행 2014년 08월 29일

지은이 이 상 태
펴낸이 손 형 국
펴낸곳 (주)북랩
편집인 선일영 편집 이소현, 이윤채, 김아름, 이탄석
디자인 이현수, 신혜림, 김루리 제작 박기성, 황동현, 구성우
마케팅 김회란, 이희정
출판등록 2004. 12. 1(제2012-000051호)
주소 서울시 금천구 가산디지털 1로 168, 우림라이온스밸리 B동 B113, 114호
홈페이지 www.book.co.kr
전화번호 (02)2026-5777 팩스 (02)2026-5747

ISBN 979-11-5585-288-0 03810 (종이책) 979-11-5585-289-7 05810 (전자책)

이 도서의 국립중앙도서관 출판시도서목록(CIP)은 서지정보유통지원시스템 홈페이지(http://seoji.nl.go.kr)와
국가자료공동목록시스템(http://www.nl.go.kr/kolisnet)에서 이용하실 수 있습니다.
(CIP제어번호: 2014022829)

달팽이의 운명

이상태 시집

북랩book Lab

두 번째 시집을 내면서

이 시집은 내 두 번째 시집이면서 어쩌면 내 인생의 마지막 시집이 될 것 같다. 여든이 다 된 삶의 마지막 결산을 이 시집으로 대신 하게 되는 것 같아 다행스럽다. 다만 내용에 부족한 점이 많더라도 노년의 시적 감성을 이쁘게 여기시고 즐거운 마음으로 읽어 주시기 바란다.

끝으로 이 시집을 읽고 평을 해주신 유시욱 님과 시집 발간에 물심양면으로 크게 도움을 주신 종이없는벽지(주) 김석환 회장님께 깊은 감사의 뜻을 전한다.

차례

그 겨울의 기억

작년 겨울 동천冬天 휘감던 찬바람에
하얗게 얼었던 은하수가
꽃잎으로 내리고
나비로 내려
온 세상 하얗게 덮었던 기억
세상은 바람 한 점 없이
입 다문 적막 속인데
느닷없이 흩어지는 꽃가루인 듯
하늘 가득 흩날리는 백설에 환호하며
해맑게 울리는 맑고 상큼한
아이들의 웃음소리에
내 가슴 마구 설레었지.

올 겨울 첫눈 내리는 날 아침에도
그때 그 아이들의 웃음소리가
뜻밖에도 내 귓전을 울려

다시금 그 겨울의 기억

또렷이 떠오르니

신기로워라, 좋은 기억은

되풀이되는 노래의 후렴 같으이.

낙화

그리도 눈부시게 곱던
양란 노란 꽃잎들이
녹이 슬 듯 갈색으로 시들더니
하루 이틀 지나는 사이
낙백하듯 뚝뚝 지고 마네요.

잎은 지는 꽃 아랑곳 않고
여전히 싱싱하기만 한데
지는 꽃은 이리도 무정히
향내마저 온통 앗아가 버리네요.

꽃샘바람

봄이 오는 걸
그냥 두고 볼 수 없는
세월의 시샘 때문인가
손톱 날 세운
삼월의 바람이 분다.

아, 이아고의 꾐에 빠진 오셀로여!
그 겨울의 집착에 사로잡혀
충혈된 눈빛 번득이면서
이제 막 움트는 새잎과
녹두알 크기로 맺힌 꽃망울을
마구 흔들고 할퀴는
너의 시샘은
떠나는 겨울의 마지막 앙탈,
사납고 거칠게 부리는
겨울의 몸부림.

오, 오셀로여! 오셀로여!
이아고의 꾐에 바진
너의 질투는
사랑 때문에 사랑을 죽인
증오의 몸부림이었지.

칼날 꽃샘바람이여!
너의 질투는
꽃을 향한 증오 넘어
더욱 아름다운 봄을 기리는
간절한 염원.

봄이여! 봄이여!
더 빨리 더 아름답게
문을 열고
더 빨리 더 아름답게
꽃으로 피어나라고

삼월의 바람은 맵고 차갑지만
꽃의 사랑을 버리지는 못하리.

난蘭

하루가 눈 뜨는 시간
난도 눈 뜨고
초록빛 칼날 세워
이조적 선비 붓끝
일필휘지하더니

하루가 눈 감을 즈음
난도 눈 감고
그 자취 감춘 뒤
사방은 심해인데
화선지에 밴 난의
그윽한 향내
선비의 정신처럼 남네.

들꽃들에게

이 봄이 풀어내는
저 들꽃들의 색깔들은
햇살이 꽃잎에 부딪힌 섬광이오.

그들의 눈빛, 그들의 미소,
심지어 그들의 유혹까지도
저 아름다운 색깔 속에 다 녹아 있소.

오직 색깔로 속삭이는
저 들꽃들의 숨결이
싱싱한 공간에 반향되고
그 울림에 취한 아침 햇살이
온 세상 환히 밝힐 때쯤
내 가슴도 사랑과 행복으로 가득 차오.

나도 이런 날 들꽃들을 향한

내 가슴 속

모든 사랑과 행복을

따뜻한 남녘 바람에 실어

꽃을 사랑하는 모든 이들에게

한 줌 남김없이

모두 풀어 보내고 싶소.

새싹

겨울바람에 까맣게 살이 튼
나뭇가지들의 두꺼운 살갗을 찢고
힘차게 움터 나온
저 여리디 여린
연초록의 새싹들
물방울만 하게 작지만
그 생명의 경이로운 힘 앞에
마구 가슴이 벅차오른다.

보기엔 작고 연약하지만
그 혹독한 겨울 추위를 견디어 낸
저 새싹들
비록 여리지만
봄이 오는 걸 제일 먼저 알고
꽃 피울 채비를 하니
그 경이로운 의지에
새삼 전율 같은 감동을 받는다.

꽃망울

이른 아침
이슬 맺힌 꽃망울이
애벌의 색깔로
함초롬히 피어 있소.

세월의 실을
한 올 두 올 뽑아
고치를 치는 누에의 정성으로
봉곳이 맺힌 꽃망울 정말 아름답소.

가지를 흔들던 바람과
잎사귀를 물들이던 햇빛과
뿌리가 길어 올린 수액 한껏 마시고
절정의 한순간을 기다리며
가장 긴장된 순간을 경험하고 있는
꽃망울이여!

아침 햇살에 눈이 부셔
더욱 여리고 예쁜 꽃잎이
입 다물고 감춘
그 경이로운 생명의 비밀을
그대는 언제쯤 열어 보일 것인가요?

그러나 오르가즘에 목 타는 여인처럼
피기 전에 긴장하고 있는
그대의 지금 모습이 더욱 아름답소.

하얘지면

치약으로 이를 닦으면 하얀 거품이 난다.
비누로 손을 씻어도 하얀 거품이 난다,
분홍색 치약으로 이를 닦아도 하얀 거품이 나고
파란색 치약으로 이를 닦아도 하얀 거품이 난다.
노란색 비누로 얼굴을 씻어도 하얀 거품이 나고
초콜릿색 비누로 손을 씻어도 하얀 거품이 난다.
아무리 진한 색깔이라도
문지르면 결국 하얀 거품이 나고
닳아지는 것은 다 하얀 거품이 난다.
그런 하얀 거품은 하얀 거품으로 오래 남지 못하고
바람 빠지는 풍선처럼 너무나 쉽게 스러진다.

세월이 가면서 사람도 별 수 없이 하얘진다.
세월에 부대껴 별 수 없이 하얘진다.
머리칼도 수염도 눈썹까지도 하얘진다.
잘난 사람이나 못난 사람이나

가진 자나 안 가진 자나
강한 자나 약한 자나
세월 앞에 장사 없이 다 하얘진다.
하얘지면 누구나 다 비실거리면서
정해진 종점으로 간다.
종점으로 갈 수밖에 없으므로
종점은 누구에게나 다 준비된 방향이므로
그런데도 사람들은 부지런히 이를 닦아야 하고
그리고 깨끗이 손을 씻어야 하고
별수 없이 열심히 살아야 한다.
파도가 힘차게 해안의 끝까지 달려와서는
바위에 부딪혀 하얗게 부서져 사라지면서도
바다는 계속 출렁이며 파도를 일으킨다.

철쭉 피는 사월에

무더기로 핀 철쭉 색깔에 숨이 찼다.

노을보다 진한 불길이 일어도

사월의 하늘은 푸르기만 한데

목은 마르고, 입안에선 침이 말랐다.

자꾸 번지는 분노에 가슴은 터졌고

그 분노는 엄청난 불길이 되어

모든 가슴들을 활활 불태웠다.

그날의 철쭉 색깔 분노에

이윽고 하늘을 덮었던 어둠 열렸으니

열린 하늘 향해 울렸던 민중의 함성과

광장에 뿌려졌던 젊고 붉은 피는

사월이 되면 어김없이 붉은 철쭉으로 피어

자유의 긴 강물로

우리의 가슴 한복판을 가로질러 흘렀다.

딸의 결혼사진을 보고

딸의 결혼사진을 보고
세상 살면서 이 순간이
딸에겐 가장 행복했겠구나, 라고
생각했다.

딸의 결혼사진을 보고
딸은 이 사진 속에서처럼
평생 행복하게 살아야지, 라고
빌었다.

딸의 결혼사진을 보고
머지않아 아이도 낳고
아이를 기르느라
새로운 인생을 경험하겠구나, 라고
상상했다.

딸의 결혼사진을 보고
이제 내 남은 인생의 나날이
빈 지갑이 되더라도
견딜 만하겠구나, 라고
다짐했다.

그리고, 결혼사진 속 딸의 미소가
봄꽃 향기로 남아
다른 모든 이를 행복하게 만들기를
나는 간절히 빌었다.

달팽이의 운명

달팽이는 태어나면서부터
원룸 한 채씩 짊어진다,

아버지도 한 채
어머니도 한 채
아들도 한 채
딸도 한 채
집 걱정은 없이 태어난다.

그러나 태어나면서부터
얻은 원룸 한 채
짊어지고 살아야 하는
달팽이의 일생은
고마운 원룸 때문에
오히려 고달프기만 하다.

벗어 던질 수도

팔아버릴 수도 없이

언제 어디서나 짊어지고 다녀야 하는

그 원룸의 무게 때문에

달팽이는 평생을 숙명처럼

엉금엉금 기어 다닐 수밖에 없다.

사랑의 추억

문득 떠오른
몇 십 년 전의
사랑의 추억 때문에
이 봄이 아름답다면
지난 세월 헛되지 않으리.

사월의 햇살은
그 옛날 당신의 미소처럼 따뜻해
오늘 파릇파릇한 들길
혼자 걷는 것은
아직도 잊지 못하는 당신의 눈웃음
당신의 속삭임을
새삼 떠올리고 싶어서네.

옛 사랑은 추억 속에서
더욱 아름다운 것,
가슴에 피는 꽃이라네.

가로등

짙은 안개 자욱이 끼어
도시가 자취를 감춘 허공에
밤 지새운 눈동자 하나
충혈된 눈빛으로
새벽 골목길을 지키고 있다.

밤새 안개 맞으며
여기 작은 도시의
한적한 뒷골목
안개 낀 허공에
뜬 눈으로 매달려
무엇을 저리도 골똘히 지켜보고 있나?

안개는 바람도 열지 못하는 비밀의 문,
언제쯤 도시는 그 문을 열고
스스로의 정체를 드러낼 건지?

밤새 안개를 맞으면서
도시가 떠나는 것을 지켜 본
저 젖은 눈동자는
도시의 행적을 알고나 있을까?

저 지쳐 보이는 눈빛이
잠이 깬 듯 커다랗게 눈 뜰 때쯤에
안개도 비밀의 문을 열고
도시의 모습을 보여 줄 것이다.

그런 너는 안개도 거부 못하는
당당한 도시의 파수꾼이다.

바람과 나무

바람이 산발을 하고
나무를 흔들어 댄다.
나무도 덩달아 靑靑한 머리 풀고
미친 듯 온몸으로 춤을 춘다.
석양이 하늘로부터
과자 부스러기처럼 부스러져
점점 어둠 속에 묻힐 때쯤
바람은 나무 꼭대기로부터 내려와
나무에게 하직인사를 하고 길을 떠난다.
하루여, 하루여, 다음에 갈 곳은
시골 간이역에서 야간열차를 타고
어머니의 배웅을 받으며
도시로 떠나는 아이처럼 떠날 곳
그러나 그 아이 언젠가는
어머니를 못 잊어 귀향하듯이
바람도 날이 새면 나무에게로 돌아와

바람은 나무와 다시 춤을 추어야 하므로
나무는 바람 없이는 춤을 출 수 없으므로
그렇게 떠났던 모든 것들은
언젠가는 다시 제자리로 돌아올 것이다.

데드 마스크

— 베토벤의 —

얼굴을 이룬 윤곽의 선이 참으로 강렬하다.

열정에 찬 두 눈에는 생전의 의지가 압도적이다.

높고 큰 코가 이룬 음영은

죽음에 임박한 자가

마지막 숨을 거두면서 남긴

생에 대한 미련의 잔량이다.

두터운 입술 꽉 다문 입은

마지막 남길 말 한 마디를

끝내 참아낸 번뇌의 표정이다.

末年엔 아무것도 듣지 못하던 그 큰 귀는

어찌해 보이지 않나?

사후에 차라리 허물이 될까 봐

이 세상 떠날 때 버리고 간 것인가?

낙화로다

그 찬란하던 색깔들
다 어디로 사라졌나?
아직은 오월 햇빛인데
때 이르게
풀 없이 목 늘어뜨린
저 시든 꽃잎들
안타까이 낙화, 낙화로다.

그 찬란하던 빛들 다 떠나고
남은 뒷자리에는
영화의 잔해만 무참할 뿐
꽃들이여! 안간힘을 쓴들 뭣 하리.
바람 한 점 없는데도 지고 마는
꽃잎들 하염없이 낙화, 낙화로다.

그러나 아쉬워 말아라.

이 세상 모든 게

피면 지는 법

피기를 배웠으니

질 줄도 알아야지.

꽃잎들 세월의 강물 따라

흐르는 바람 따라

아! 한 잎 두 잎 낙화, 낙화로다.

가을 낙엽 함께

내 지난 날 걷던 길에
늘어선 가로수들
여름내 시원한 그늘 주더니
가을에 갈색으로 시들면서
모든 허물 내다버리고
하루하루 가벼운 몸으로 서네.

오로지 계절 탓으로
한 잎 두 잎 지면서
빈 가지만 늘어나고
발밑에선 가랑잎 밟히는 소리
발목을 저리게 하는데
당신도 그 길 걸으면서
이별의 아쉬움으로
가슴 태우던 옛날 생각한 적 있는가?

낙엽 쌓인 길은
사랑하던 사람들이 헤어졌던 길
낙엽은 가을 지나
한 해의 끝으로 가면서
이별의 눈물처럼 떨어지고
낙엽 질 때 헤어진 우리의 사랑은
더욱 사무치는 추억으로만 남는데
지난날 거닐던 그 길
아리도록 아플 뿐
나 오늘 추억 속 그대 함께
영화 속의 한 장면처럼
가을 끝자락까지 걷고 싶다네.

꽃 송頌

꽃은 개성파 미인이다.
색깔도 다르고
모양도 다르고
향내도 다르지만
꽃은 그 이름만으로 아름답다.

꽃이라 불리는 순간에
주변은 아름다움으로 넘치고
사방에서 훈풍이 불고
가슴은 향기로 젖는다.

개성이 달라도
미인은 언제나 아름답고
미인은 항상 사랑스럽듯이.

모든 꽃은 언제나 향기로워

햇빛 아래서는

더욱 눈부시게 아름다워

아! 하고 탄성이 터지는 순간

홀연 사랑스러운 마음 하나

나비처럼 날아와

꽃잎 위에 사뿐히 내려앉는다.

야생화들이

민들레, 망초꽃, 동자꽃,
금불초, 방울꽃, 비비추,
숱한 야생화들이
서로 약속이나 한 듯
곱고 아름답게
별자리 모양 일정한 거리로
정연하게 피어 있다.

그 맨 앞에 분홍색 보라색
곱게 핀 나팔꽃들이
신나게 나팔을 불면서
꾸밈없는 마음으로
우리 어울려 잘 살자고
비록 거친 들판에
흩어져 있어도
색깔만은 진하고

싱싱하게 피자고

호사스러운 것엔 마음 두지 말고

누가 보든 말든 아무 곳에서나

자유롭고 아름답게 피어

서로 색깔 어울려 함께 살자고

빠 빠 빠 계속 신나게

나팔을 불고 있다.

그들만이 안다

푸른 들판에 부는 바람이
어디로 가는지는
풀잎만이 안다.
미끄러지듯 달리는
바람의 몸짓이 아무리 가벼워도
아침 이슬에 젖은 풀밭에
찍히는 발자취만은
지울 수 없으므로.

저물녘 서쪽 하늘에
붉게 타는 노을은
하루를 다 사룬 해가
재로 남는 순간의 몸부림
그 몸부림의 의미는
별만이 안다.
해가 마지막 불타면서 뿌린 불티들이

밤하늘의 별이 되었으므로.

늦가을 깊은 산에
떨어지는 낙엽들은
갈 곳이 없어 숲에 쌓이는 게 아니다.
그 낙엽이 숲을 떠나지 않는 까닭은
숲만이 안다.
낙엽은 썩어서
그 숲에 흙으로 남을 것이므로.

잔디를 쓰다듬으며

사월의 잔디를 쓰다듬는다.
싱싱하고 윤기 나는 파란 잔디를
당신의 하얀 목덜미를 애무하듯이.

햇볕은 따스하고
주변엔 들꽃들이
아름다운 색깔들의 물결을 이루어
누군가를 홀리듯 핀 오월의 들판에서.

그런데 젊었던 당신은 지금 어디 있나?
나 또한 잔디를 오래 쓰다듬을 시간이 없다.
세월이 나를 내버려 두지 않을 것이므로.

그래도 나는 행복하다.
잔디를 쓰다듬는 동안만은
당신의 이름을 기억하듯

당신의 얼굴을 떠올리며

작은 희망이나마 옛이야기처럼

함께 나눌 수 있으므로.

무제

내 어릴 적 수많은 사람들 속에서
경험한 망실의 공포를
내 늙어 죽음의 두려움으로 경험하는데
이제 나는 또 무엇을 기다리며
남은 세월을 살아야 하는가?
그러나 지금도 산다는 희망 하나
내 몸과 가슴 뜨겁게 하네.

장미

아파트 담장 너머로
고개를 내민
붉은 장미꽃들이
시집가고 싶어
안달 난 예쁜 아가씨들처럼
담장 너머 기웃기웃
제가 제일 예쁘다 뽐내며
흐드러지게 피어 있다.

오월의 햇살에
눈부시게 화장한
장미꽃 정말 아름답다.

장미야, 장미야!
제발 시들지도 지지도 말고
오래오래 싱싱하게 피어
모든 보는 이 즐겁게만 하여라.

역사

동산 머리 동틀 무렵
환히 열리는 하늘처럼
눈부시게 열렸다가
서산 머리 노을 진 구름 따라
무상하게 지는 태양처럼 스러지지만
그러나 온전히는 지워지질 않고
다시 재생되는 필름으로 되살아나는
새로운 아침처럼
극심한 가뭄의 절망 속에서도
온 힘을 다해
작은 물줄기들을 모아
큰 흐름을 찾아 가는 강물처럼
그런 강물의 일깨움을 먹고
더 넓은 세계로 발 디뎌 놓기 위해
모든 산들을 불러 모아
굳세게 내달리는 산맥처럼

좋은 길과 나쁜 길이

엿가락 꼬이듯 하는 난맥의 땅 위에서도

달성의 돌탑을 쌓아가는 인간들의 의지로

완성되어 면면히 이어지는

방대한 아! 그런 기록의 대장전 같은.

사철 내리는 비

봄비는
보슬보슬 다정스런 목소리.
움트는 새싹들
다칠까 봐.

여름비는
쫙쫙 속 시원한 함성.
열기 찬 더위를
씻어내려고.

가을비는
시름시름 흘리는 한숨.
나뭇잎 지는 것이
안타까워서.

그러나 겨울엔 비 대신

조용조용 하얀 눈 내려

적막강산에 숨은 새 생명들

따뜻한 솜이불로 덮어주려고.

소나기

갑자기 하늘 문 닫히고
칼날 서슬 푸른 빛
겁나게 뿌려서
소스라치게 전율하는 순간
문득 정수리를 적시는 冷氣로
번쩍 정신이 드는데
잠시도 머뭇거릴 짬 없이
사방이 부산하게 움직이면서
바람 한 자락 냉기로 휘감기고
빈 들판에 힘찬 빗줄기들이
숨 가쁜 질주를 시작하더니
금방 도랑물이
콸콸 소리를 내지르는구나.

어느 여름날 오후

무위, 무위로다.

무엇을 하랴?

여름 무더위 뒤집어쓰고

먼지 쌓인 구닥다리 벽시계는

나태의 초침 소리 흘리고 있고

들판에 덩치 큰 황소 한 마리는

풀은 뜯는 둥 마는 둥

한가한 반추만을 계속하고 있는데

무위, 무위로다.

장장하일長長夏日,

윙윙! 쇠파리 날개 짓 소리만

유난스러운 여름 한낮이

내 가슴 한복판에

가뭄에 갈라진 논바닥을 깔고,

그 논바닥 위로 뜨거운 바람 지나가고

사방 단조롭고 시끄러운 매미 소리만

그칠 줄 모르고 울리는데

무위, 무위로다.

들이킬 시원한 물 한 모금 찾을 길 없이

한 입 가득 염분 문 갈증 속의

덥고 답답한 여름날 오후엔

맘껏 한껏 게으름을 피우다

달콤한 낮잠이나 잘 수밖에

흐흐! 그게 바로 열반이로다.

병상에서

2008년 8월 3일
짧은 여름밤이 새기 전
이른 새벽에
나는 잠이 깨어
침대에서 일어나 앉았다.

미명未明의 병실 안은
환자들의 가느다란 숨소리뿐
연못 속처럼 고요하다.

한양대학교 의과대학 구리병원
본관 병동 10층 113호실의
창가 병상 위에서
나는 약간의 현기증을 일으키며
어둠 저쪽, TV 화면처럼 펼쳐진
창문 밖을 바라보고 있다.

희부연 창문 너머로
잠이 덜 깬 작은 도시가
새벽 강물처럼 잔잔히 흐르고 있다.

그 강물 위로
일찍 깬 작은 물고기들이
빨간 눈을 뜨고 둥둥 떠다니며
도시의 겨드랑이 사이로
불빛 한 줄기씩을 쏘아 보내고 있다.

때마침 내 내장 속으로 꼬여 들던
작은 통증들이 한데 뭉쳐
잠시 역류하는 통에
내 몸이 좌로 약간 비틀하는 사이
도시의 중심을 붙잡고 있던
빨간 불빛들이 갑자기 꺼지고
대신 노란 불빛들이 혀를 날름거리는가 싶더니
다시 파란 불빛들이 눈을 뜨면서
도시 전체가 스르르 움직이기 시작한다.

순간 그 불빛들이 이 도시의 맥박인 듯
일정한 간격으로 깜박이자
내 몸 속에서도 피톨의 흐름이
작은 용솟음으로 이어지고
장막으로 드리웠던 머릿속이
환히 걷히면서
창문 너머로 작은 도시가
새벽 강줄기가 되어
물소리를 내며 내게로 달려온다.

그리고 금방 잠 깬 물고기 떼들이
매끄럽게 헤엄쳐 나올 것 같은
새벽 강물 속으로
바람처럼 열리는 새벽빛이 퍼지고
문득 나도 그 사이로 헤엄쳐 나가고 싶다.

황혼

사방에서 밀려드는 어둠에 쫓겨
더 이상 갈 곳이 없는
한낮의 마지막 빛 무리가
단말마의 함성 내어지르듯 쏟아내는
저 절절한 불덩어리를
한 가슴 가득 안은 하늘처럼
나도 활활 타야 하리.

저 불덩어리 다 타고 나면
잿더미 하늘을 뒤덮고 말리니
이제 어둠은 피할 수 없는 약속.

그러나 가슴 어느 한 구석에선
풀무바람 일어
새로운 내일을 위한 욕망
고개를 꼿꼿이 세워보지만

어느 깊은 낭떠러지 있어
나를 자꾸만 끌어내리는 것 같으니
이 느낌은 또 무슨 까닭인가?

아직은 저 불덩어리 살아 있지만
언젠가 저 불덩어리 사위어지면
깜깜한 어둠만이 밀려오리니
그때 이 세상 남는 건
절망 같은 검은 그림자뿐일 거다.

하루의 종언終焉

하늘을 뒤덮으며
새까맣게 몰려드는
갈까마귀 떼처럼
사방 어둠이 밀려들면서
점점 그 정체가 지워지고 있는 하루.

그 하루의 남은 모습이
너무 아쉬워서
밀려드는 어둠을 지우려
서산 너머에선
시뻘건 불길 치솟지만
그러나 저 불길
어찌 시간의 흐름까지
태울 수 있겠나?

하루는 이미 집요한 시간의 손에

사로잡혀 어둠 속으로
싸늘히 사위어지고 말 텐데

타오르는 저 황혼빛
시간의 손 한순간도 피하지 못한 채
끝내 숯덩이처럼
식어버리고 말 텐데

어떤 사나운 불길도
시간 앞에선
한낱 하잘 것 없는 작은 몸부림일 뿐.

저 불길 처절하게 타고난 뒤
모든 것 어둠 속으로
흔적 없이 사위어지고 말리니

노을빛은 하루의 남은 모습을 위해
스스로를 사르는
마지막 열정일 뿐
새로운 내일을 위한 시작이다.

구월의 나무

햇살에게 다정히 손을 내밉니다.
바람에게 겸허히 고개를 숙입니다.

지난 날
짙푸르렀던 시절
언제까지나 풍요 누리리라 자만하던
구월의 나무는
스스로가 부끄러울 따름입니다.

시절 탓인 듯
가지엔 물기가 줄어들고
잎의 두께도 줄어들면서
스스로에게 바라지 않던 변화가 일어나
모든 걸 다 잃어버리고 말 것 같은
상실의 위기를 예감하며
구월의 나무는
두려움을 느끼기 시작합니다.

그러나 구월의 나무는
다시 마음을 가다듬고
어떠한 어려움도
자신의 의지만은 꺾지 못할 거라고,
어떠한 상실의 아픔도
꿋꿋하게 받아들일 거라고,

미지의 변화에 대해
비록 마음 불안하고 떨리지만
모든 아픔을 기도로 참고
다가올 계절엔
차라리 짙푸르렀던 잎들 다 시들기 전에
푸른 하늘 아래에서
바다 속 산호보다 고운 단풍 옷
차려 입으리라 그렇게 다짐합니다.

불면증

한밤중에 뿔난 도깨비 한 마리 나타나
느닷없이 내 눈두덩을 깨물고
내 눈알을 후비고
내 가슴을 짓밟는 바람에
나는 소스라치게 놀라 잠이 깨었는데
순간 어지럼증 같은 어둠이
빙빙 돌며 내 앞을 가로 막아
나는 더 이상 앞으로 나아갈 수도
또 뒤로 물러날 수도 없이 되는데
이번엔 뿔난 도깨비 한 마리
그런 나의 두 눈을
긴 손톱으로 찔러대는 통에
나는 견딜 수 없어서
결국 일어나 앉았는데
그런 날 밤엔 나는 더 이상 잠을 이루지 못한 채
뿔난 도깨비 한 마리의 심술에 시달리며

뜬 눈으로 꼬박 날을 샐 수밖에 없었는데
날이 새자 그제야 뿔난 도깨비 한 마리는
내일 밤 다시 찾아 올 것을 약속이나 하듯
장난스럽게 내 볼을 두어 번 두들기고는
간다 온다 말 한 마디 없이 사라졌는데
뿔난 도깨비, 내일 밤엔 제발 오지 말기를
마음속으로 간절히 빌면서
나는 따가운 눈을 부비며 하품을 하다가
금방 온몸이 노근해져서
그 자리에 쓰러져 잠이 들었는데
뿔난 도깨비가 먼저 사라졌는지
아니면 잠이 먼저 나를 덮쳤는지
나는 도통 분간할 수 없는 채
밤새도록 어지러운 악몽에 시달려
온몸이 녹초가 되어버린다.

막힌 유리창

— 격리된 희망에게 —

있으면서 없는 듯 차단된 경계를
하얀 햇빛이 쏟아져 들어와
바닥에 하얀 모시 보자기를 깔고는
눈부신 온기 한 움큼을
혼수처럼 정성스레 싼다.

햇빛은 그 보자기를 들고
무심코 다시 나가려하지만
있으면서 없는 듯 차단된 경계에 막혀
끝내 나가지 못하고
마냥 바닥에 널브러져서는
필묵 자국처럼 말라붙어 버린다.

있으면서 없는 듯 차단된 경계의
저쪽은 항상 변하는 풍경이 있는데

이쪽은 웅덩이처럼 고인 채
같은 풍경으로 머물러 있는 것이
아무래도 들어오기만 하고
나가지 못하는 햇빛 탓인 듯
없으면서 차단된 경계를
언젠가는 거짓말처럼 허물어야 하겠지만
나는 마음대로 넘어갈 수 없다.

하얀 창문 너머
변하는 풍경 속에선
나비가 시원한 바람을 타고
꿈속인 듯 춤을 추고 있는데
차단된 경계 이쪽에 갇힌 나는
내 자신이 허무히 박제되는 꿈만 꾼다.

연모 1

긴 장마 끝의 햇빛 바라 듯
어느 날 간절히 그리던 당신을
뜻밖에 만날 수 있다면

모처럼 트인 구름 사이로
감추었던 하늘이 벽안처럼 눈 뜰 때
예상치도 않던
당신의 편지를 받을 수 있다면

비 그치더니
구름은 잘 탄 솜 되어 흩어지고
구름에 가렸던 하늘
커다란 호수처럼 펼쳐질 때
정작 애타게 기다리던 사람
바람 타고 온다면
아! 그보다 더 반가운 일 있을까.

겨울추위 풀린 땅에 꽃 피우듯
뜻밖에도 기적 같은 일이
일어날지도 모른다 싶어
가슴 두근거릴 때
저만치서 당신이 환히 웃고 있다면
아, 얼마나 행복하랴.

그런 당신을 향해
반가움에 두근거리는 가슴을
두 손으로 억누른 채
나는 달려갈 것이다.
구름을 쫓는 바람보다 더 빠르게.

가을 속으로 사라진 여인

단풍 진 가을 속으로
황금색 렘브란트의 화풍 사이로
아름다운 내 기억의 틈새로
슬픈 영화의 마지막 장면처럼
바바리코트 좁은 어깨 위에
갈색 낙엽 맞으며
낙엽 밟는 소리 따라
사라진 가을의 여인이여.

좁은 어깨 뒷모습만 남긴 채
덧없이 흘러 간 세월만큼
이제 하얗게 늙었을 그 여인을
나는 왜 아직도 잊지 못하나?

어디서 사는 누구인지도 모르지만
쉰 번은 넘게 가을이 오가는 동안

이제 일흔도 더 넘었을
가을만 되면 떠오르는
나만의 애틋한 추억 속 그 여인을.

가을이 오면
나무 가지 끝을 흔드는 바람처럼
언제나 내 마음 한 자락을 흔들며
내 일생을 관통해 온 그 여인의 기억은
아무에게도 말한 적 없는
나만의 애틋한 비밀 하나.

찢어라

비린 살을 찢어라

고래의 뱃살에 칼을 깊이 꽂고

내장이 쏟아지도록 찢어 버려라.

어둠의 중심부에 칼을 꽂고

커다란 북을 찢어 버리듯

위에서 아래로 사정없이 그어라.

더러운 권력의 비린 살을 찢어라.

뽑아서 맡긴 사람들이야 뭘 원하든

검은 뱃속 허허한 것만 급할 뿐

그 검은 뱃속을 채우려는

탐욕만이 가득 찬 허위의 권력

그 더러운 뱃가죽에 정의의 칼을 꽂고

마구 긋고 그어라.

수평선

한동안 너를 향해 달려가다가
숨이 차 잠시 발을 멈추고
다시 너를 바라보지만
언제나 너는 같은 거리에서
눈썹쯤의 높이로 떠 있었다.

일생 동안 너를 붙잡기 위해
나는 열심히 달려갔는데
너는 항상 닿을 수 없는
일정한 거리 저만치쯤에서
늘 같은 자세로 서 있었다.

너는 그렇게 번번이 나로부터 달아날 뿐
단 한 발짝도 내가 너에게로
다가서는 것을 허용하지 않았다.

그러나 나는 너를 원망하지 않았고
실망도 하지 않았다.

내 늙어 죽을 때까지
너는 내 앞에 펼쳐진
내 눈썹 위에서 한 치의 벗어남도 없이
일정한 거리를 두고 떠 있는 한 가닥 선망의 금.

너는 내가 끊임없이 지향하는
정점에 설정된 꿈
내칠 수 없는 사랑으로
잊을 수 없는 그리움으로
내 마음 속 가장 은밀한 곳에
마르지 않는 갈망의 샘으로 남았을 뿐이다.

단풍잎

그대 만나서
가을 푸르른 날
뒷산에 올라
함께 맺었던
굳은 약속
저 붉은 마음.

그대와 헤어질 때
노을빛에 젖어
가슴 저미도록
짙게 물들었다가
끝내 지고 말던 언약
저 붉은 손수건.

흔들어도 흔들어도
지워지지 않는

붉은 색깔의 추억.

아, 안타까운 안타까운 추억.

하일점묘 夏日點描

여름 햇볕이
금방 마름질한
하얀 옥양목처럼
따뜻하고 눈부신
어느 여름날 오후
파란 하늘 한 자락으로
말갛게 눈을 씻은 연못가의
부들 푸른 잎들이
날 세운 붓끝으로
허공에 나선형 금을 긋고 있다.

때마침 나비 한 마리
나선형 금을 따라 날아와
부들 노란 꽃잎 위를 맴돌다가
문득 칼날 세운 부들 푸른 잎에 놀라
가뭇없이 사라진 뒤

근처 미루나무에 앉았던
매미 한 마리가
불현듯 자지러지는 울음소리를
폭포처럼 쏟아 붓는다.

마치 뜨거운 여름날 오후의
한 줄기 시원한 소나기 같이.

남은 삶에 대한 기원

구멍을 닫으니, 어두워졌고
바람도 통하지 않았다.
다시 여니, 밝아졌고
바람도 통하였다.
그리고 길어지더니, 짧아졌고,
넓어지더니, 좁아졌다.
곧아지더니, 굽어지고
오르막 다음에 내리막이었다.
그런 수없는 반복 속에
긴 소리, 짧은 소리
높은 소리, 낮은 소리
날카로운 소리, 부드러운 소리
온갖 소리들이 교차하는
세상의 울림들을
사양 않고 깊이깊이 들이쉬며 살았다.

닫았을 때나 열었을 때나

어두워졌을 때나 밝아졌을 때나

길어졌든 짧아졌든

멀어졌든 가까워졌든

절망하지 말고 동요하지 말고

가라, 두려워 말고.

거역하지 못하는 강물의 흐름처럼

강물의 몸부림처럼 쉼 없이 부대끼며

어차피 그렇게 흘러가야 하니까

그러므로 그렇게 가라, 멈추지 말고,

이제 해가 저무는 길목에 서서

새삼 왜 머뭇거리느냐?

오늘도 옛날처럼 바람 부는데

수많은 삶들이 티끌처럼 날리는

그런 바람 부는데, 그런 바람 끌어안고

바람 속에 남은 것 다 풀고

천천히 바람 뒤로 나와

바람이 가는 방향을 따라

결코 서둘지 말고

바람의 속도를 놓치지도 말고

머뭇거리지도 말고, 쉬지도 말고

흐르는 구름 밀고 가듯

바람의 뒤를 따라

천천히 쉼 없이 그렇게 가라.

노을에게

어둠 속으로 파묻히기 전에
마지막으로 내지르는
저 처절한 빛의 절규에
저 열기 찬 함성에
귀 기울여 보아라.

빛이 산 너머 어둠 속으로
썰물처럼 빨려나가는 소리에
귀속이 먹먹해지고
온몸이 떨릴 것이다.

어두워지기 전에
좀 더 살아남으려고
몸부림치는 저 빛의 단말마가
목구멍으로 피 뿜어내듯
가슴 뜨겁지만

노을이여!

하루의 지독한 恨이여!

저 서산머리 불바다 이루고

온 가슴 까맣게 태웠으니

이제는 밤하늘에 별 가득

희망처럼 반짝이게 하라.

모태로부터의 출항

아주 오래 전에 떠나온 포구
깊은 자궁 밖으로의 출항
그러나 지금은 아득한 기억 저쪽의
안개 자욱한 바다 한쪽.
물새들 아직 잠 덜 깬 시간인데
자궁을 빠져나온 애기의 첫 울음소리
새벽 공기를 깨며 울리는 무적 소리
그 배는 기약 없는 항해를 시작했다.
목적지조차 정해지지 않은 그 출항은
매 순간 험한 파도를 만났고
파도에 부대끼며 흘러가는 동안
떠나온 포구의 모든 기억은
어이없이 깊은 미궁 속으로 사라졌다.
그날 새벽 안개 속으로 사라진
작은 배는 다시는 그 포구를 찾을 길 없었다.

귀가

아침에 잠 깨어 하품을 한다.

습관처럼 혀끝으로 입술을 핥으니

짭조름히 닿는 소금 맛에

환생하듯 번쩍 정신이 든다.

친구를 만나 술 한 잔 하고

휘적휘적 집으로 돌아오는 길,

피로가 모래톱 물기처럼 베어들어

온몸 온마음 다 지치는데

꼬인 발길이 닿은

집 근처 어느 길목에서

문득 작은 입석처럼 서 있는 아내를 보곤

나는 반가움과 안도감으로

습관처럼 마른 입술을 핥는다.

종일 잊고 있던 짭조름한 소금 맛이

또 한 번 온몸 온마음에 퍼지면서

하루의 피로가 말끔히 씻긴다.

아내가 반갑게 맞이하는 귀갓길은

언제나 다시 찾는 소금 맛이다.

길을 잃었네

— 개발 그 이후 —

새 길을 닦는다고, 옛길을 끊었네.

새 길에 지워진

나의 정든 옛길 찾을 길 없네.

봄이 오면 산수유 찾아

제일 먼저 나들이 하던 길

여름엔 별보다도 많은 들꽃들이 피어

아름답던 그 길이

이제 자취 없이 사라져 버렸네.

가을엔 빈들에

삭정이가 된 수숫대들이

찬바람에 우수수 울음 울었고

겨울엔 하얀 눈에 덮여

입을 다문 채 쓸쓸했지만

그 좁은 길
그래도 정겹던 그 길이
새 길을 닦는다고 파헤쳐진 후
끝내 나의 사계四季도 사라져 버렸네.

새 길에 빼앗긴 나의 길
이제 영영 찾을 길 없는
나의 사계가 되어버렸네.

망각 속으로

간혹 불빛에 찢기기도 했지만,
또 불빛에 얼룩지기도 했지만,
그 불빛 다 떠난 뒤
이젠 절벽 같은 어둠뿐이요.

검은 벨벳의 장막으로
둘러쳐진 천지간에
바위보다 견고한 침묵만이
귓바퀴에 태산보다 높은 절벽을 쌓으니
아무것도 보이지 않고
어떤 소리도 들리지 않소.

냄새도 없고
감촉도 없고
의식조차 다 앗아간
어둠 속에서

나는 화석이 되어버렸소.

빛이 버린 어둠 속
그 한가운데로
연못 속으로 내던져진
한 알 작은 조약돌처럼
되돌아 올 수 없는 깊이로
나는 영영 빠져 버렸소.

어둠의 영원한 부름,
오로지 망각만이 나의 모두이길
망각만이 나의 행복이길 빌며.

촛불

깊은 심지로
온몸 불태워
어둠을 밝히는 당신의 신앙.

사방 어두워질 때
눈물로 빛을 살리며
스스로를 昇華시키는
지고의 사랑.

그대 불빛 따라 울리는
천상의 목소리에
귀 기울이시고
밝음의 축복 불태우소서.

얼굴

새벽 적막을
벽시계의 초침소리가
한 뜸 한 뜸 살을 저미며
누비고 있소.

캄캄한 적막 속에서
문득 오래 전 헤어진 뒤
기억조차 가뭇한
하얀 얼굴 하나가
물에 씻긴 조약돌처럼 떠올랐소.

가슴 한복판에 찍히는
깊은 심인心印 하나를
어이 지우리오.

개울물 속 하얀 조약돌처럼

떠오르는 너의 얼굴을

아! 어이 잊으리오.

종로 5가에서

벽시계의 초침소리만이
유난히 크게 들리고
운행이 멈춘 듯
적막 속에 갇힌 세월을 넘어
사랑했던 사람과
미워했던 사람이
동시에 떠올라
잠을 이룰 수 없었고
나쁜 기억과 좋은 기억이
끊임없이 뒤엉켰던
그런 세월에 등 떠밀린
오랜 방황의 끄트머리
당신이 나타날 때까지
나는 두 시간을 기다렸다.
종로 5가에서.

오직 당신을 만날

희망만을 붙잡고

금호동에서 을지로 6가를 거쳐

종로 5가로

그리고 열정의 대학로

당신에게로 가던

젊은 시절의 그 길을

지금도 기억하고 있는 나는

당신의 사랑 또한 잊을 수 없어

아침에서 저녁까지

이젠 만날 수 없는 당신을 기다리며

지난 세월 때문에

낯설어진 종로 5가에서

당신이 보고 싶어 장승처럼 서 있었다.

나 거기 서 있고 싶다네

나 거기 서 있고 싶다네.
꽃이 핀 자리에
꽃의 마음이 되어
꽃처럼 아름답게 피어 있고 싶다네.

나 거기 서 있고 싶다네.
바람이 주는
꽃향내 맡으며
햇빛이 주는
찬란한 꽃의 색깔에 취해
꽃과 순수한 사랑 나눌 수 있게
갈증 나는 타는 입술로
나 거기 서 있고 싶다네.

색깔을 흔드는 눈부신 바람 불어
낙엽 갈 곳 없어 헤매는 거리 쓸쓸하지만
눈 가득 옥색 하늘을 담고
나도 찬란한 빛으로 남아
모든 떠나는 것을 아쉬워하며
계절의 길목에서
누군가를 기다리는 빨간 우체통처럼
나 혼자 거기 서 있고 싶다네.

저녁 어둠이

아직도 노을빛 남은
서쪽 하늘에서
어둠이 비처럼 내리네요.
보랏빛 꽃가루가 날리듯
하늘 가득 내리네요.

행복한 불빛 밝히려
우리 이제 남은 시간을
잔잔한 마음으로 기다리는데
당신의 작은 창문 앞에선
불빛에 밀린 어둠이
갈 곳 없이 서성이고 있네요.

이제 당신은
누구도 방해할 수 없는
당신만의 불빛을 밝혀야 할 때,

칠흑으로 물들기 전의 어둠은
모두를 용서하는
부드러운 미소로
당신의 창문 불빛을
어루만지고 있는데
달무리 진 당신의 창문은
저녁 어둠 한 발짝도 들어서지 못하는
따사로운 평화의 한가운데,

그런 당신의 창문 밖에서
저녁 어둠은
앞으로 또 얼마나 오래
당신의 용서를 빌며
기다려야 하는지요?

그리움엔

그리움엔
어머니가 있고
고향이 있다.
그 둘을 합친
추억이 있다.

순식간에 밤하늘을 가로질러 사라진
별똥별의 꼬리처럼
철없던 가슴에 상처 남기고 떠난
첫 사랑 소녀의 애틋한 추억도 있다.

떠나면 남는 모든 외로움엔
미련을 지우지 못한
그리움 때문에 파랗게 멍 든
삶의 그림자가 스미어 있다.

깜깜한 밤
당신을 향한 그리움은
내가 당신에게 전하는 안타까움이 되고
당신에게 속삭이던 말이 되지만
오늘 하루 그런 그리움으로 넘기면
내일은 더욱 벅찬 사랑이
그 여백으로 남는다.

모든 아름다운 것은
떠나는 당신의 눈빛 안에 머물러
온갖 하잘 것 없는 것조차
무지갯빛 황홀한 그리움이 된다.

그런 그리움엔 늘
아련한 서러움이 있고
한숨이 있고

함께 있다 떠난 사람이
남겨 놓은 溫氣가 있다.

사랑하다 헤어질 때
우리는 모두 마음속에
그리움의 깊은 강을 만들어
헤어날 수 없는 안타까움에 빠진다.

일상 1

일상은 평범하고
일상은 보통 얼굴이지만
어느 때 문득
우리가 경험하는 작은 행복은
늘 일상 안에 있다.

일상은 무미건조하고
일상은 매끄럽지도 않고
그저 평범하고 거칠지만
참고 살다 보면
언제나 일상은
행복을 담은 질그릇이다.

사람 사는 길의
마른 길, 진 길을 마다 않고
터벅터벅 걷다 보면

어느 길목에선가 우리는 뜻밖에
성취의 한순간을
맛볼 수도 있는데
그럴 때 얻는 희열은
일상의 질화로를 달구어 얻은
행복의 훈기다.

그 훈기 따뜻한 손이 되어
어느 순간 얼었던 우리의 마음을
따뜻이 어루만져 주기도 하니
우리는 평범한 일상 가운데서
늘 행복을 찾을 수 있다.

고백

지금 당신이 내 곁으로 다가온다면
나는 당신에게 무슨 말을 할 수 있을까요.
나는 몸을 떨면서 아무 말 못하고
고개 숙인 채 땅만 내려다보게 될 거에요.
너무 당신을 사랑하므로
나는 단지 눈을 감으면서
아! 사랑은 이렇게 몸 떨림으로 다가와
내 온몸 온마음을 달구어서
마침내 당신에게 바치는
나의 진심이라고,
그것만은 꼭 당신에게
나는 솔직히 고백하고 싶어요.

가을나무의 기도

나뭇잎들 실핏줄 세우고
서리바람 스치는 날
가을나무 여윈 몸 떨며
붉은 잎들 눈물처럼 방울방울 흘리네.

하늘빛 시리도록 고운 날에
지난 세월 어이 못 잊고
저리도 진한 눈물 흘리는고?

가을 나무여, 기우는 세월이여!
삶에 지친 이 어깨 움츠린 채
스스로를 다잡는 이 계절에
야윈 햇살 가까스로 가슴에 안은 너,
행여 차가운 바람 마주 서더라도
한해의 열매 익히는
햇살의 정성만은 잊지 말고

기도하듯 두 손 모아

결실의 마음만은 고이 펼치소서.

커피 한 잔

김이 모락모락
다갈색 커피 한 잔
내 가장 가까운 사람의
친밀한 향내 섞은
익숙한 맛으로
나를 사로잡네.

나를 아끼는 이의
그윽한 情을
풀어 놓은
따뜻한 향내가
우리들 사이에 머물렀던
오랜 세월과 함께
다갈색 커피 한 잔에
깊숙이 녹아드는데
그 향기로운 맛을

깊은 호흡으로 吟味하면

비로소 따뜻해지는

내 몸과 마음이

나를 한없이 행복하게 하네,

저녁, 강과 산이 있는 풍경

강을 따라 달리던 산이
강가로 내려 와 허리 굽혀
강물에 손을 담그니
산 그림자 강심江心에 닿네.

거울에 비추인 듯
산 그림자 고요만 한데
문득 강바람
산 그림자 헤살지네.

강 물결 비늘 져 반짝이고
산 그림자 물결 따라 흔들리니
산은 제 그림자 모습에 홀려
저녁 내내 허리를 펴지 못하는데

서산머리 저녁 해 지면서

정성들여 물들인 노을빛이

바람 타고 강물로 내려와

잔잔히 잠긴 산 그림자에게

분홍색 비단옷 입혀 주네.

연모 2

늘 그렇게 알았고
늘 그렇게 살았듯이
사람 사는 길
알 듯 말 듯
사람 사랑하는 길
또한 알 수 있을 듯 말 듯
그러나 끝내 알 수 없는
알고 나서도 막연한 사연 같은
그런 당신을 향한 내 마음을
어떻게 강물처럼 전할 수 있을 건지
나는 늘 알 수 없었습니다.

그래서 당신을 사랑하는 마음
말로는 다 하지 못하고
당신 어깨 위에 손을 얹고
지긋이 당신 얼굴을 보면서

당신에 대한 사랑만은

언제나 진실이라고

그 사랑 하늘만큼 부풀어 올라

가을 산에 단풍 곱게 물들인

당신의 해맑은 표정과 깊은 눈동자에

사랑의 말 채워주고

사랑한다는 말 한 마디만은

당신 귀에 꼭 속삭여 주고 싶은데

당신의 마음속에

그립다는 정말 그립다는

내 마음까지 포개어

사랑한다는 그 한 마디 말

꼭 다짐해주고 싶은데

그런 내 마음을

아는지 모르는지

그대는 짐짓 시침을 떼고

먼 산 바라보듯 하고 있군요.

첫눈

바람이 불다가

멈춘 뒤

불붙은 단풍의

저 불꽃 뜨거움이

산불처럼 타올라

하늘을 소지燒紙로 태운 재가

찬바람에 얼어

시린 첫눈으로

저리도 차고 하얗게 내리니

나는 그런 첫눈이 좋소.

첫 찬바람에 송이송이 휘날리며

내리는 저 눈

당신의 가슴과 내 가슴

한 뜻으로 이어지도록

저리 하얗게 내리니

저 첫눈의 정갈함 간직하기 위해
나는 여기 깨끗한 자리 한 자락 펴야겠소.

당신이 올 때까지
눈을 맞으며
하얀 대낮의
하늘빛 불러 모아
겨울바람 타고 내리는
저 하얀 눈으로
삭막한 풍경은 덮어버리고
사방 환함을
부드러운 음성으로
모두모두 불러 모아
밝은 낮에도
어두운 밤에도
언제나 반짝이며

내리는 저 첫눈만을
반가운 손님으로 맞이하여야겠소.

내게 보내는
아, 당신의 고운 손길 같은
그래서 더욱 다정하고 깨끗한 저 첫눈을
당신의 사랑처럼
고이고이 두 손으로 받으면서
나는 천 년을 하루같이
온몸으로 저 눈 맞고 싶소.

그냥 사랑

십이월의 햇살이
겨울 찬바람에 얼어
싸늘한 유리판이 되었다.

깨어지지 않고
반짝이는 유리판을
한 겹 두 겹 깔면서
그래도 겨울은
열심히 봄을 향해 가고 있다.

아직 봄은 보이지 않지만
분명 봄은 겨울 앞
뜀틀 너머 서 있을 것이다.
언제나 겨울은 뜀틀을 뛰어넘을
준비가 되어 있으므로
뜀틀이 가로막고 있다고

어찌 겨울이 봄을 못 만나리?

단지 내가 바라는 것은
나도 너를 사랑하는 마음으로
어떤 뜀틀도 뛰어 넘어
겨울이 봄으로 다가가듯
너의 곁으로 다가가
너와 허물없이 사랑하며
그냥 살고 싶을 뿐이다.

당신의 본분

어둠은 먼 바다의 파도처럼
눈에 띄지 않게 천천히 다가오다가
어느 순간 느닷없는 해일로
육지를 덮치고는
온 하늘과 땅을 덮친다.

그러나 당신은
당신의 창문 안에서
당신만의 밝은 영역을
따뜻한 미소처럼 머금은 채
덮치는 어둠을
태연히 바라만 보고 있다.

어둠은 반복해 덮치지만
당신은 한 번도 당황하지 않고
당신이 지킬 만한 영역만은

일상을 사랑하는 마음으로
늘 차분히 지키고 있으니
당신은 그것이 삶에 대한
당신의 本分으로 믿고 있기 때문이다.

어떤 사람은 말합니다.
세월은 강물 같다고,
또 어떤 사람은 말합니다.
세월은 바람 같다고,
그러나 나는 강물에게서도
듣지 못하였고
바람에게서도
듣지 못했습니다.
강물처럼 유유히 흐르던 그 세월이
어느 순간 바람처럼 그리도 빨리
우리를 비켜가는 이유를.

그래서 나는 함께 살아온 당신의 손을 잡고
마냥 늙어버린 우리들이 안쓰러워
당신도 알 수 없는 그 이유를

부질없이 당신에게 물어 봅니다.

그러나 당신도 알 수 없는
궁금한 세월의 흐름은
끝내 그 정체를 들어 내지 않고
삶의 한가운데서 부침浮沈할 뿐입니다.

지금껏 알 수 없었던 그 세월의 정체를
먼 훗날에도
당신과 나는 영영 알 수 없는 채
또 세월만 강물처럼 바람처럼 떠내 보내면서
남은 세월 부질없이 살아가게 될 겁니다.

눈의 침묵

눈은 가볍게 내린다.
모든 소리 안으로만 삼키는 눈은
하늘과 땅 사이에서
하얀 침묵만을 쌓으며 내린다.

현란히 춤추면서도
소리 없이 내려
땅 위에 소복이 쌓이는 눈은
입 굳게 다물고
적요寂寥의 두께만 키우면서
온 천지를 점령한다.

하얀 색깔로 스스로를
깊은 침묵에 파묻는 눈은
무심코 흔들리던 것도
한사코 잡고 놓지 않는다.

매서운 바람 속에서

어지럽게 흩날리다가도

이윽고 땅에 이르러서는

몸을 사리며 가만히 내려앉는 눈이

호흡 잔잔히 가다듬는 것은

다가올 봄 맞을 때

별보다 많은 꽃씨들을 상처 없이

하얀 가슴 속에 가득 품기 위해서다.

밤바다로

고독해서 술을 마시고
고독에 중독되어 술을 마시고
고독이 따라다니는 노년老年이 되어
고독을 피하려 또 술을 마시지만
고독은 뜻대로 피해지지 않고
오히려 고독이 나를 끌고 다니니
차라리 고독을 술에 타서 마신 뒤
나는 매일 이 세상 밤바다로 떠나리.

단 한 척 남은 고독의 배를 타고
술에 취해서 흔들리며 가는 길에
어둠은 피난처,
나는 어둠에 숨은 외로운 방랑자,
모든 충동을 감추고
모든 파괴를 멈추고
단지 예약 없는 구제를 원하며

고독의 배에 몸을 싣고

바람 부는 밤바다로

별도 없는 깜깜한 밤바다로

늘 한 척 고독의 배를 타고 떠나는

나는 외로운 방랑자가 되리.

입춘이라서

참 오래 기다렸던
입춘이라서
모처럼 눈도 그치고
바람도 자고
그런 입춘이라서
입춘 햇살에
덩달아 날씨도 풀려
겨울은 잔설 한 줌만큼 남았는데
절로 설레는 가슴으로
긴 시간을 참고 기다렸던 입춘이라서
한사코 겨울 뿌리치고픈 입춘이라서
이월이 채 가기도 전에
서둘러 불러들인
한 가닥 훈훈한 바람이
개나리 가지 끝에서 불자
새삼 마른 가지에서

초록 물 길어 올리는 소리 들리는 듯

잔설에 젖은 땅이

금세 파릇파릇 새싹 돋을 듯

봄을 부르는 그런 立春이라서

이월에 끝내기로 내리는 눈쯤은

절로 오는 봄기운 한 가닥으로

스스럼없이 다 녹인 뒤

귀를 기울여 보아라.

立春이라서

저만치쯤에서 계절보다 먼저

잰 걸음으로 다가오는

봄의 발자국 소리 들리리.

꽃다발

나뭇가지에 핀 생화도
열흘을 넘기지 못한다는데
꺾어 묶은 꽃다발의 꽃이야
일러 무엇 하리오.

그래도 그 꽃다발 보내준 이의
귀한 사랑만은 시들지 않고
두고두고 내 가슴에
고운 꽃으로 피어 남길
나는 비오.

꽃비 맞는 아이들

사월에 동풍 불자
하늘 가득 꽃비가 내리네.

하얀 꽃비 맞으며
아이들 만세를 부르네.

신이 나 깔깔깔
꽃보다 더 예쁜 싱그러운 웃음소리
꽃향기처럼 사방으로 퍼지네.

꽃이 지는 까닭이야
시절이 알겠지만
싱싱하게 자라는 아이들이
지는 꽃잎들을 온몸으로 맞으며
마냥 터뜨리는 저 맑은 웃음소리는
정녕 꽃비에 실어 보내는
하늘의 축복 소리리라.

봄맞이

하늘이 잘 닦은 유리창처럼 열렸소.

모두가 새롭게 솟아나고

모두가 쉴 새 없이 피어나고 있는 사월

사방이 너무나 눈부신 색깔로 변하고 있고

사방에서 너무나 달콤한 향내가

풍기고 있는 계절

자 이제 밖으로 나오시오.

아무 말 말고, 긴 숨 한 번 내쉬고

반가운 사람 손 잡 듯

포근한 바람에게 손 내밀고

머뭇거리지 말고

곧장 밖으로 나오시오.

시방 사방 봄철이 시작되어

모든 것이 너무나도 빨리

너무나도 아름답게 변하고 있는 것을

놓치지 않고 보고 싶으면

조금은 요란스런 봄의 따뜻하고 환한 대낮을
반갑게 맞아 즐기고 싶으면
방 안에 갇혀 있지만 말고
무심히 누워 있지만 말고
밖으로 나와 두 팔 높이 쳐들고
깊은 숨 한 번 들이 마신 뒤
사월의 하늘을 향해 가슴을 활짝 펴 보시오.
사월이 한 아름 당신 가슴에 안길 것이오.

사랑의 의미

우리는 정말 사랑했지요.
빵 한 조각의 귀중함으로
빵 한 조각의 고픔으로
참으로 단순하고 가난하게
그러나 이제 다 깨어져 버렸어요.

세월이 그리도 쉽게
모든 걸 훔쳐버려
새삼 남은 삶이 아쉬운
이 나이에도
미처 깨닫지 못하는 것은
진정한 사랑의 의미를
혹 탐욕의 옷자락쯤으로
여겼음이 아니었는지?

친구의 영정 앞에서

— 박수환군을 떠나보내며 —

나는 그때 친구의 影幀 앞에 서 있었소.

너무나 침울하고 슬픈 마음으로,

그러나 사진 속의 친구는

정작 무심하고 태연한 표정이었소.

그런 친구의 영정 앞에서

왜 그리 가슴이 아렸는지.

나는 그가 살아 있을 때의 말소리가

금방 그의 두 입술 사이에서 흘러나올 것 같아

천천히 그의 영정 앞으로 다가가 고개를 숙였소.

그리고 헌화 대신 친구로부터 무슨 말인가 듣고 싶어

숨을 죽이고 귀를 기우렸소.

그러나 나는 다시는 그의 말소리를 들을 수 없었고

그의 표정의 변화조차 읽을 수도 없었소.

그는 이미 나와 다른 배를 타고

멀리 떠나버린 다음이었으니까요.

잘 가시게, 사랑하는 친구야!

기다림

당신을 만나기 위해
설레는 가슴 안고
그 긴 담장 길을 서성이던 시간은
참으로 길고 지루하였소.

그래도 오늘 햇살 따스해
거기서 당신의 입술과
당신의 미소를 보았소.

나는 달아오른 가슴으로
꽃이 필 때까지의 그 긴 시간을
참고 기다린 뒤
당신에게로 다가가려 했는데
홀연 사방에서 차가운 바람 불어
꽃잎들 금방 지고 마니
그 지는 꽃잎 따라

말없이 떠나 버린 당신 그리며
나는 그저 안타깝게 눈물만 흘렸소.

모든 피었다 지는 시간은 너무 짧은데
언제나 기다림은 길기만 한데
오늘도 꼬박 하루해를
당신을 기다리며 보냈지만
끝내 당신을 만나지 못하고
달빛이 기울 때쯤에야
희미한 달빛 아래
긴 기다림의 그림자만 남겨 놓고
나는 쓸쓸히 돌아서야 했소.

기다림의 끝이 늘 그러하듯
끝내 당신을 만나지 못한 내 가슴엔
쓰라린 상처만 깊게 남았소.

비눗방울들아 날아라

비눗방울들아 날아라.
사방 무지갯빛 반짝이며
큰 꿈 작은 꿈 하나씩 품고
나무키 넘어 하늘보다 드높이.

아이들이 비눗방울들을 뒤쫓으며
만세를 부르고, 춤을 추는구나.
꿈을 잡기 위해
꿈을 품기 위해.

꿈 실은 비눗방울들아 날아올라라
터지지 말고 둥둥
아이들의 꿈을 싣고
아이들의 행복을 품고
구름보다 드높이
하늘보다 드높이

아이들이 만세를 멈추지 않게
아이들이 춤을 멈추지 않게.

끝없이 둥둥 바람 타고 둥둥
신나게 기분 좋게
아이들의 만세소리 따라
아이들의 춤에 맞추어
날아올라라, 비눗방울들아
드넓은 하늘로 높이 높이.

비눗방울들은 아름다운 꿈
깨우지 마라, 아이들의 꿈을.
작고 가벼운 꿈이면 어떠냐?
아이들의 꿈 담은 마음 싣고
날아올라라 비눗방울들아
아이들의 꿈이 다 이뤄질 때까지
아이들의 웃음소리 담은 비눗방울들아
날아올라라 둥둥
나무 위 하늘로 끝없이 드높이.

요통

허리가 아프다.
위아래가 끊어질 것 같이 아파서
도무지 잠을 이룰 수가 없다.

치유되지 않는 이 통증
언제쯤 끝날는지?
기나긴 불면의 밤이 고통스럽기만 하다.

왜 당신은 오지 못하는지?
왜 나는 또 가지 못하는지?
허리가 아파서 절뚝거린 세월에
가슴이 아파 숨도 쉴 수 없다.
가도 오도 못하는 세월에
너무 울어 눈물마저 말라버렸다.

오도 가도 못하는 동안
상체와 하체가 따로 따로
세월이 흐르면서 더 따로 따로,
달라져도 너무 많이 달라져서
신경마저 통하지 않는다.

이 아픈 허리, 이 치유되지 않는 요통의 아픔
도무지 편히 잠을 이룰 수도 없는
이 통증은 도대체 언제쯤 치유治癒될 것인가?

장맛비가 내리는 것이다

여름 장맛비가 내리는 것이다.

팔월이 다 가도록

계속해서 장맛비가 내리는 것이다.

여름을 식혀

여름의 뜨거운 가슴을 식혀

시원한 가을을 맞이하려고

쉴 새 없이 장맛비가 내리는 것이다.

우리가 늘 참고 기다렸던 다음에

이루어진 일로

감격의 눈물 펑펑 흘렸듯이

눈물 실컷 쏟고 나서야

속이 후련할 수 있었듯이

긴 장맛비 그치고 나면

장맛비에 씻긴 파란 하늘이

시원한 목물처럼 쏟아져 내릴 것이다.

그 파란 하늘빛에 멱 감고

한결 얼굴 환해진 해가 쏟아내는

눈부신 색깔들이

온 산천을 곱게 물들일 것이다.

그런 가을을 맞이하기 위해

오늘도 장맛비는

쉼 없이 주룩주룩 내리는 것이다.

깨어지기

깨어지는 건

통쾌하다.

깨어지는 건

명쾌하다.

너의 한 주먹에

깨어지는 내 얼굴엔

통쾌한 핏물이 튄다.

나의 한 방에

깨어지는 네 얼굴에도

붉은 꽃잎이 흩어진다.

깨어질 때는 눈이 번쩍 뜨이니까

깨어질 때를 위해

주먹을 갈고

깨어질 때를 위해

낯가죽을 두껍게 하라.

깨어지는 것은

모든 것의 시작이자 끝,

깨어지는 덴

너 내가 따로 없으니까

너도 되고 나도 되고

깨어지는 덴

아무 사연도 없으니까.

까닭을 물을 필요도 없고

그러나 늙으면

더 이상 깨어질 여유가 없다.

늙은 얼굴은

깨어질 데가 없다.

다 깨어져 있어서

더 이상 깨어지지 않는다.

그러나 늙은 얼굴도

한 번쯤은 깨어지고 싶어 한다.

피를 흘리면서

통쾌하게 깨어지고 싶어 한다.

늙은 얼굴도

깨어질 땐 치열해지므로

살아 있는 동안엔

아름다운 피투성이로

통쾌한 피투성이로

가슴이 확 트일 수 있으므로

깨어지는 것이 살맛나므로

모든 나날을 위해

깨어져야 한다.

그러나 늙으면

마음먹은 대로

통쾌하고 아름답게

깨어질 수가 없다.

깨어지기가 두려워서

끝내 깨어지기를 주저한다.

그러므로 젊을 때 확실히 깨어져야 한다.

강물

세월이 가득 담겨 흐르는 것이다.
때론, 흐름을 멈춘 듯, 잘 닦은 거울이 되어,
그러나 강물은 한순간도 멈추지 않고
수없이 많은 얼굴을 하고
말없이
그 긴 인고의 세월을 언제나
유유히 흐르는 것이다.

스스로의 처음에 대해
생각해 본 적 없고
스스로의 끝에 대해
상상해 본 적도 없이
강물은 스스로가 세월이 되어
제 갈 길 따라 흐를 뿐,
세월을 피할 수 없는
당신과 나도

어느 새 강물이 되어

세월 따라 흐르는 것이다.

신록을 기다리며

우리 사는 세상사 모두가
언제나 저 신록빛처럼
싱싱하고 눈부셨으면
나무마다 연초록빛 옷 곱게 차려 입듯
우리가 늘 맞이하는 삶도
넘치는 생명의 힘 뽐내며
상큼한 웃음 짓고 다가왔으면.

온 거리가 출렁이는 연초록 파도로 뒤덮여
눈이 부시는 이 거리엔
아직도 남은 찬바람 불어
신록빛이 가슴을 조이고 있지만
그래도 기다리면
따뜻한 바람 불어
언젠가 신록이 제 빛 내리니

찬바람에 갇힌 세월이
새로운 계절의 문 열지 못해 헤매일 때
얼굴 밝게 반짝일 신록 빛
성큼 우리 곁으로 다가오리니
이제 그 빛 한 발 짝 저만 치쯤
아! 그 신록 빛 금방
우리의 가슴 속까지 스며들 때를
우리는 마음 졸이며 기다릴 뿐이다.

가을은 늘

가을은 늘 거기 있다,
파란 하늘 아래
넓고 빈 공간에.
그러면서 늘 바쁘다.
염색하기 바쁘고,
탈색하기도 바쁘다.

그리고 옷 벗는 일
바람에 몸 씻는 일
모든 게 다 바쁘다.

얼마쯤은 여유 있게 머물다 가련만
머무는 듯 마는 듯
가을은 그저 바삐 떠날 채비만 한다.

강물에 비치는 노을빛

그리 아름답다가도

금방 어둠 속으로 사라지듯이

가을은 색깔 곱게 옷 갈아입는다 싶다가

이내 그 옷 벗어 던지고

그 머물던 자리만 쓸쓸히 남겨 둔 채

겨울로 떠날 채비부터 한다.

가을은 그 눈부시게 곱던 색깔

아름답다 느낄 때쯤

샛강 하나 건너 듯

스스로 쉬이 맨몸 되어 떠나고

어느 덧 찬바람 부는 계절

성큼 우리 곁으로 불어와

느닷없이 떠난 가을의

추억 한가운데로 우리를 내몬다.

가을은 언제나 서둘러 떠나버리는

그런 세월의 나그네다.

만약

만약에 말이야
만약에게 물어서
사랑도 이룰 수 있고
행복도 누릴 수 있고
명예도 누릴 수 있고
바라는 것 다 달성할 수 있다면 말이야

만약에, 만약에게 물어서
그런 것 다 이룰 수 있다면 말이야
만약은 만사형통의 열쇠지.

그래서 만약에게
인생을 다 걸고
살아갈 수 있다면
그래서 인생이 행복할 수 있다면
얼마나 좋겠냔 말이야.

그러나 만약은 늘 미지수
인생이 속임수로 남겨 놓은 변수,

어떤 인생의 마지막 달콤한 약속.
그래서 만약은 늘 만약일 뿐이다.

가을 거리엔

가을 거리엔
떠나고 있는 그림자뿐이네요.

색색으로 떨어진 낙엽들로
모자이크된 거리에
가을바람이 빨강 노랑 갈색으로 불며
부산히 날리고 있는데
계절이 차차 사위어가고 있는
거리를 따라
보이는 모든 것들 고개를 묻고
어디론가 쓸쓸히 떠나고 있네요.

마침 한 늙은이가 가고 있네요.
자신의 인생 같은 폐지들을
한 짐 가득 실은 리어카를 힘겹게 끌고
바람에 휩싸인 채

낙엽 쌓인 거리를 가고 있네요.

점점 해 짧아지는 이 늦가을
석양빛을 마주해 가고 있는
그 늙은이 어디로 가고 있을까요?

그 뒤를 따라
나도 지친 다리 끌며 가고 있는데
찬바람에 가랑잎 날리는 이 거리에서
보이는 모든 사람들
온통 어깨 쳐진 그림자 하나씩 끌고
어디론가 가고 있는 모습이네요.

그들의 소망

남북 이산가족상봉행사 마지막 날
팔십 대의 남매가 단 사흘간의 상봉 뒤
기약 없는 눈물의 작별을 하며
헤어지기 싫어 얼싸 안았네.
그리고 통곡하듯 울먹이며 하는 말,
통일이 될 때까지
제발 죽지 말고 꼭 살아 있자고,
순간 나는 가슴 찡해 오는 충격으로
잠시 눈을 감고는
피 맺힌 그들의 절규를
가슴으로 울며 들었네.
그리고 그들의 소원이 이루어지기를
나는 간절히 간절히 빌었네.
내일이라도 금방 통일이 되어
제발 그들의 소망이 이루어지기를.

그러나 그럴 희망 없는 현실에
나는 속절없이 절망하면서
차라리 그들의 일생이
한 백 년쯤 더 이어지게 하소서라고
두 손 모아 간절히 빌었네.
그때까지야 설마 통일이 되어
그들의 소망도 이루어지지 않겠는가!

나목裸木

너를 보면 모두 다 털어버려야 할 것 같다.

노을 진 빈 들판에

두 팔 벌리고 선 나목裸木이여!

너의 다 털어버린 빈 몸매가

참으로 결연하고 아름답구나.

다 버리고 난 다음의 평화스러움과

가지지 않으므로 얻은 자유스러움으로

노을빛 등지고 꼿꼿이 선 네 모습이

진정 치열하도록 고고하구나.

뼈대 들어낸 엽맥葉脈보다 더 선명히

제 본 모습 남김없이 드러낸 나목이여!

나도 너처럼 절제된 모습으로

이 세상 결연히 홀로 서 있고 싶구나.

불빛

가난해도 정겹게 살자.
불빛 아래 다정히 모인
가족은 언제나 행복하다.

아직 돌아오지 않은
식구를 기다리며
깜깜한 창밖을 보고 있다가
잠간 환한 방안을 둘러보면
보이지 않는 얼굴들이 더 기다려진다.

밖에서 바쁜 하루를 살다가
자기를 맞이할 가정이 있어
돌아가는 사람들도
환한 불빛을 보고서야
그리운 가족들을 생각하고는
금세 하루의 피로를 잊게 된다.

비록 작은 불빛이라도

모든 이의 가슴에

가족의 얼굴을 밝혀 주는

그런 불빛은

진정 사랑의 눈빛이다.

눈사람

눈사람은 늘 혼자 서 있다.
하얀 설원을 지키는 고독한 무법자처럼
낡은 모자 비스듬히 눌러 쓰고
배 불숙 앞으로 내밀고
난폭한 적 마주한 용맹한 전사처럼.

추위가 버거운지
눈썹 잔뜩 팔자로 찌푸린 채
거친 바람 마주한 눈사람은
늘 설원에 외로이 서 있다.

금방 온몸 굴러갈 태세로
텅 빈 설원에
하얀 윤곽만 흐릿하게 남긴 눈사람은
보는 이의 가슴에
어설픈 동심 하나 새겨 놓고

거친 바람 가슴으로 맞으며
전사처럼 당당하게 설원에 서 있다.

전화 거는 까닭

하루 종일 빈집을 지키다가
밖이 어두워진 저녁 일곱 시쯤
문득 아내 생각에 전화를 건다.
아내가 전화 받기를 기대하면서
그러나 아내는 언제나 전화를 받지 않는다.
일을 마친 아내는
벌써 집으로 돌아오고 있을 것이다.
나는 그 사실을 뻔히 알고 있으면서도
습관처럼 일곱 시만 되면
아내에게 전화를 건다.
의례히 요란한 벨소리만 울릴 뿐
아내는 전화를 받지 않을 것인데도
나는 매일 저녁 일곱 시만 되면
그리 그리울 바 없을 것 같은 아내건만
보고 싶어 못 견디는 사람처럼 전화를 건다.
나로서는 하루 종일 혼자 집을 지켜야 했던

외로움 때문이겠지만
전화를 받지 않는 아내는
늘 전화 받을 필요가 없으니까
그냥 집으로 오고 있을 터인데도
나는 아내에게 전화를 건다.

전화를 걸 필요가 없는 아내는
전화를 걸지 않는데
나만 한사코 전화를 거니
전화를 걸지 않는 아내는
내보다 훨씬 더 무심한 사람인가?
아니면 더 현명한 사람인가?
그런데도 나는 내일이면
또 저녁 일곱 시에
아내에게 전화를 걸 게 뻔한데
아내보다 내가 더 정말 앞세운 바보인가?

환절기

겨울이 가느라 그러는지
봄이 오느라 그러는지
사방이 가만히 있질 못하고
차고 수선스러워지네요.

겨우내 그리 내리던 눈이
이젠 그만 내릴 법도 한데
겨울을 보내기 싫은 봄 때문인지
봄에게 자리 비켜주기 싫은 겨울 때문인지
때늦은 함박눈이 끊임없이 내리네요.

나는 창밖 내리는 흰 눈을
신기한 듯 바라보다가
갑자기 콜록콜록 기침을 했네요.

아! 이 기침

겨울이 봄으로 가면서

내게 건네주는 마지막 선물인 듯

문득 나는 계절이 바뀌는 것을 알겠네요.

봄 햇살

춘분 지난 봄 햇살이
나무 가지에 맺힌 꽃망울들을
감싸고 어루만지며
호호 입김 불고 있소.

겨우내 말랐던 나무 가지들
따뜻한 입김 받아
빨강, 노랑, 하얀, 보라
갖가지 색깔의 예쁜 꽃망울들이
조개가 다문 입 벌리듯
활짝 꽃잎 터뜨려서
온 세상 꽃무늬 놓으라고
봄 햇살이 꽃망울들에게
열심히 호호 입김 불고 있소.

장미 한 송이

장미 한 송이가 예쁘다.
장미 한 송이 빨갛게
불꽃처럼
당신 머리에 꽂혀 있을 때.

장미 한 송이가 눈부시다.
장미 한 송이가 하얗게
눈송이처럼
당신 가슴에 꽂혀 있을 때.

비로소 장미 한 송이
불꽃이 되고 눈송이 되어
가장 아름다운 당신이 된다.

목련과 햇살

하얗게 핀 목련꽃 위로
사월 햇살이 부서져
분가루보다 곱게 흩어진다.

그 고운 분가루로
목련이 곱게 단장을 하자
금세 주변이 환해진다.

일상의 저쪽

늘 바라보지만
아파트와 아파트 사이
좁은 틈새 사이로
파란 가을하늘 한 자락이
바람결에 호수가 물살 치듯
찰랑찰랑 넘치고 있는 것이
행복처럼 자유처럼
아주 작은 희망처럼
내 작은 가슴에 스민다.

그런 정감에 잠기는 순간
나는 더 이상 밀폐된 공간에
갇혀 있는 게 서글퍼
당장 밖으로 나가고 싶어진다.

바람 타고 나갈까?

구름 타고 나갈까?
그러나 막상 타고 나갈 게 없으니
한없이 낭패스럽기만 하다.

바람 한 점 없고
구름 한 조각 없는 좁은 공간에서
채집판에 꽂힌 나비처럼
일상의 습성에 갇혀 사는 나는
당장 꼼짝할 수 없다.

뭣을 탄다는 것도
탈 것이 없으니 헛것이요
그냥 나간다는 것도
나갈 문이 없으니
허망한 시도일 뿐,

저 쪽은 나의 영역에서
영원히 차단된 곳인가?
나는 파란 하늘로 다가가
시원히 발을 담글 수도 없고

손을 적실 수도 없는 것인가?

일상을 벗어날 수 없는 나는

그곳으로 가고 싶은 마음에 온몸을 떤다.

그러나 그곳은 너무너무 먼 일상의 저쪽이다.

오늘은 금요일

아침에 베란다 창밖을 내다본다.
유월의 아침 햇살이 눈부시다.

오늘은 금요일,
쓰레기 분리수거일,

지난 일주일 동안 모인
생활 찌꺼기와
용도 폐기된 물건들이
젖은 것들은 젖은 것들대로
마른 것들은 마른 것들대로
냄새 나는 것들은 나는 것들대로
냄새 나지 않는 것들은 안 나는 것들대로
다들 따로따로 분리되어 수거되고 있다.

그처럼 인생의 금요일엔

너와 나 우리 모두도
어디론가 버려지기 위해 가게 될 것이다.

그때의 우리들 모습은 어떠할지?
스스로의 삶의 행적에 따라
우리의 인생도
일정하게 구분되어 버려질 것이다.
어떤 이는 젖은 모습으로 버려질 것이고
또 어떤 이는 마른 모습으로 버려질 것이다.

또 어떤 이는 평생의 죄업을 털어버리지 못하고
악취를 풍기면서 버려질 것이고
또 어떤 이는 성공한 스스로의 인생에 만족해하며
훈훈한 향기를 풍기면서 버려질 것이다.

오늘은 금요일 쓰레기 수거일이다.

동창회 후에
― 육십 년 만의 만남 ―

거울 밖에서 만나는 얼굴들이

거울 속의 얼굴이 되어

어느 땐 친숙하게 보이다가

어느 땐 낯설어 보이는 얼굴들에게서

나는 육십 년 전을 보았네.

오랜 세월 보지 못했던

거울이 거기 있었고

그 거울 속에서 떠들어대고 있는 친구들이

옛날의 거울이 좋았다고

육십 년 전의 거울을 더듬으면서

육십 년 전의 기억들을 떠들어대고 있었네.

그런 그들과 헤어진 뒤에

나는 마냥 가슴이 설렁하기만 했네.

모처럼 만날 수 있었던 육십 년 전을

다시 또 잊게 될까 봐

나는 공연히 초조해져 밤길을 걸었네.

다른 이들도 다 육십 년 전을 가슴에 안고

집으로 돌아갔듯이

나도 집으로 돌아갔는데

거기엔 언제나 같은 무미한 일상이

어김없이 나를 기다리고 있었을 뿐이었네.

언제 쯤 또 육십 년 전을 만날 수 있을는지?

집으로 돌아온 나는 이 나이가 괜히 서글프기만 했네.

나 여기 서 있다네

나 여기 서 있다네
오랜 세월 길을 잃고.
버릇이 되어
너무 자주 생기는 일을
거듭 후회하면서도
늘 알던 길도 잃어버린 채
엉성한 모습으로
세월에 바래인 장승처럼
나 여기 서 있다네.

나의 자리를 찾아
그토록 오래 헤매었건만
아직도 낯설어 머뭇거리면서
내 갈 향방을 궁리하는
나의 속을
내 스스로도 알지 못하면서

마치 다음에 갈 내 자리를

다 아는 사람처럼

너무나도 태연히

마냥 나 여기 서 있다네.

가을 거리

가을엔 모두가 길손 되어 떠나네요.

그렇게 모두가
흩날리는 낙엽 따라
어디론가 떠나는
가을 거리를
나도 길손 되어 걷고 있는데
누군가가 내 왼쪽 어깨를 두드려
뒤돌아보니 어깨 위에 노란 손이 하나,
가볍게 미소 짓고 다시 걷고 있는데
이번엔 누군가가 내 오른쪽 어깨를 두드려
다시 뒤돌아보니 어깨 위에 빨간 손이 하나.

어디에선가 바람에 실려 온 예쁜 손들이
알은 체를 하는 이 가을은
어깨를 나란히 하고 걷던 동행인이

헤어지면서 내미는
다정스러운 손길처럼 아쉬워.

그 손길이 남긴 체온을
잊을 수 없는 나는
가을바람 긴 한숨소리 따라
한 잎 두 잎 낙엽 밟으며
바람 부는 거리를 쓸쓸히 걷고 있네요.

겨울나무

무거워 보인다,

가지가 휘도록

눈 하얗게 뒤집어쓰고

눈 덮인 빈 들판에

외롭게 서 있는 겨울나무야,

넓은 설원雪原을 헤매다가

길을 잃고 발이 묶였나?

눈의 무게에

혼자 겨울 다 짊어진 듯

어깨 늘어뜨리고

황량한 설원雪原에

홀로 선 겨울나무야,

겨울바람 너무 차가워

피부마저 그리도 까맣게 터버렸나?

겨울나무야, 겨울나무야,

그렇더라도 황량한 설원雪原 떠나지 말고

다가 올 봄 기다리며

꿋꿋이 거기 서 있거라.

화나는 봄날

자꾸 그렇게 되네요,
나도 몰래.
술 한 잔 마시고 취해서
공연한 홧김에
하고 싶지 않은 욕설을 하고
투덜투덜 불평을 하게 되네요.
선거철이라
길거리 벽보가 눈꼴사납고
하도 많은 애국자들의 열변 때문에
텔레비전 화면이 시끄러워
공연히 화가 치미는 날,
국회의원에 출마한 잘난 인간들
자기를 뽑아주면
세상 정의롭고 좋은 세상 만들겠다고
일자리 많이 만들어
모두가 잘사는 세상 만들겠다고

떠들어대건만

등록금이 없어 휴학하는 학생 수두룩하고

하고 많은 멀쩡한 육신으로도 할 일이 없어

맨입으로 사는 젊은이들로

온 거리가 넘쳐나는데

어딜 가서 뭘 하라고

갈 데 없고, 할 일 없는 젊은이들이

길거리를 아우성치며 떠돌기만 하는데

매일매일 텔레비전 뉴스에서는

정신병자들이 온갖 저질스런 사건 일으켜

세상이 온통 공포에 질려 있는데

그 잘난 사람들

그냥 있어도 이 세상 잘될 것만 같이

덩달아 춤이라도 춰야 할 세상이 올 것만 같이

마구 떠들어대고 있는데

정작 겨울 다 지난 이 거리가

작은 꽃 한 송이 피지 않을
삭막한 거리로 남을 것만 같고
정작 귀 기울일 곳도
여유 있게 돌아볼 곳도 없어서
절망의 수렁에 빠질 것만 같은데
이 세상 다 잘살게 만들 것처럼
그 잘난 사람들 떠들어대니
그래서 나는 이 봄이 더욱 화가 치미네요.

백목련

겨우내 얼었던 몸과 마음
추녀 끝에 비치는 봄 햇살에
말끔히 마름질하고
목련이 하얗게 피었네요.

목련이여, 하얀 목련이여!
그대 곱게 소복素服하고
날 좋은 날 아침
누구를 만나려고
이리 일찍 나들이 나왔나요?

윤기 나는 하얀 저고리에
하늘빛 너울 화사하게 쓰고
수줍은 듯
꿈꾸는 듯
짧은 봄나들이가 아쉬운 듯

하늘 쳐다보고 있는 그대의

하얀 저고리가 눈부시게 곱네요.

속임수

인생은 속임수,
술이 취했으면서도
멀쩡한 채 하는
멀쩡한 날 멀쩡한 정신으로
멀쩡한 거짓말을 하면서도
짐짓 거짓말은
그대와 나 둘 사이에서만 있었던 일처럼.

술이 깬 다음 민망스럽더라도
일부러 술이 취해
별 것 아닌 척
잠꼬대라도 하는 척
그렇게 천연스레 하는 시늉
그렇게 얼버무리는 시늉.
인생은 그런 속임수.

어떤 해후邂逅

몇 십 년 만에 조카를 만났다.
약간은 쌀쌀한 겨울바람 맞으며
그와 나는 소주잔 앞에 놓고
몇 십 년 전을 이야기하며
새삼 몇 십 년 전을 경험했다.

종로 5가 대학로에서 인생과 학문을 익혔고
신촌에서 인생의 아름다움을 익혔던
우리들의 시절을 추억했다.

이제 일흔이 넘은 세월을 건너 와
또 어디로 간다는 일정한 방향도 없으면서
나는 소주 한 잔을 앞에 놓고
새삼 끝없이 주절거렸다.

여태 살아 온 인생

별 볼 일 없었는데도
이 나이 슬프지 않으려고
나는 열심히 떠들어 댔다.

그러나 평생을 조심스럽게만
살아 온 조카는
묵묵히 내 말을 들으며
술잔만 기울였다.

혼자 떠들어 댄 나는
그와 헤어져 돌아오면서
혼자 너무 말을 많이 했나?
나는 새삼 후회를 했다.
지난날을 늘 후회했듯이.

비에 젖은 꽃

울고 있네요,
비에 젖은 꽃이
봄을 보내는 아쉬움 때문인지
몸 가늘게 떨며
실연한 여인처럼 울고 있네요,

스스로 시들 때를 알고 있기에
함초롬히 비에 젖고서도
단정한 모습 흩트리지 않고
다소곳이 고개 숙인 꽃은
슬픈 여인처럼 아름답네요.

본래의 싱싱함 상하지 않고
스스로의 아름다움 지켜야 하기에
꽃은 비에 젖으면서도
색깔 한 점 변하지 않고

자태 하나 흐트러짐 없이
그저 가만가만 울고만 있네요.

쉼 없이 내리는 비에 젖으면서도
본래의 제 색깔 잃지 않고
꽃잎 아름답게 간직한 꽃은
스스로의 아름다움 잃지 않으려
한사코 소리 삼키며
조용조용 울고 있는 여인이네요.

꽃비 맞으며

하얀 꽃잎들
나비 떼 춤추듯
펄펄 휘날리며 내리는
꽃비 사이로
눈부시게 비치는 봄 햇살은
사랑하는 이가 보내는
다정스런 눈웃음.

산들 불어오는 하늬바람에
하얀 꽃비 끊임없이 내릴 때
공간 가득 퍼지는
색깔의 윤무輪舞 따라
가슴 두근거리는 흥겨움이니
우리 모두 사랑하는 이 손 잡고
온 사방 돌고 돌면서
아! 춤을 추리, 춤을 추리.

꽃비를 맞는 모든 이들
꽃비에 젖어 꽃비에 취해
한바탕 흥겨운 론도를 추리.

청평 호숫가에서

북한강이 물을 모아
철벙, 물장구 치고 싶은 청평,
넓게 푸르게 확 트인 시야 따라
내 가슴 이리도 시원히 트이니
내가 오늘 여기 온 까닭
너의 푸른 마음 닮기 위함임을
힘찬 물보라 일으키며 달리는
준마 같은 모터보트
너는 알리라.
넓고 푸른 청평으로
물살 힘차게 가르며
내 몸 내 마음도 함께 너를 타고
맑고 푸른
저 넓은 호수 위를
시원히 달리고 싶은 이 기분을.

가을에게

좀 천천히 갔으면 싶은데
가로수 은행잎들 어느새 샛노랗고
먼 산도 발열發熱하며
성급히도 상기한다.

품었던 모든 것들
밖으로 뿜어내며
색깔의 변화가
참으로 무쌍하다.

누가 빨리 오라 손짓이라도 하는지
시절은 급할 것 하나 없는데
어느새 찬바람이 손톱을 세운다.

가을 늦은 배추밭엔
어른 머리통만큼이나 자란 배추포기들이

김장날만을 기다리고 있고,
추수 끝난 들판엔 붉은 고추들만
마른 가지에 주렁주렁 매달렸는데
이 가을은 모든 심었던 것들
다 걷어 들인 뒤
떠날 날만을 손꼽고 있구나.

가을아, 가을아!
제발 있는 것 그대로 놔두고
좀 천천히 갔으면 싶다.

코스모스

산모롱이 굽어 돌 때까지
실개천처럼 하얗게 뻗은
먼 가을 들길에
가물거리는 뒷모습 보이며
누구와 작별이라도 하는지
깨금발로 서서
끊임없이 손 흔드는
아, 별리別離의 애처로움이여!

사랑하기 위해

사랑하기 위해
여기 있소,
잦은 숨 쉬면서.
그렇다고 사랑하기 위해
잦은 숨 억지로 쉬려마오.
욕심은 부릴수록 위험하오.
욕심은 증오를 낳고
증오는 화를 부를 뿐이오.
참된 사랑하기 위해서만
잦은 숨을 쉬세요.

사랑하는 삶은 행복
그 행복을 얻기 위해
잦은 숨 고르고
욕심의 탈 벗고
증오의 심기 털어버리고
그대 잦은 숨 쉬시오.

산다는 것

산다는 것이 뭐길래?
이따금 왜 이토록 지루한지?
늙는다는 것이 뭐길래?
이따금 왜 이토록 초조한지?
커피 한 잔만큼의 향내도 없이
커피 한 잔 마실 만큼의 여유도 없이
그래서 커피 한 잔 앞에 놓고서도
가슴이 온통 답답해지는 인생
어두워지는 하루의 땅거미 본다.

새삼 산다는 것이 뭐길래?
늙는다는 것이 뭐길래?
반문하면서 되뇌면서
오늘 하루해를 앞에 두고
늙어 가고 있는 나를 앞에 두고
늙어서 주체하지 못하는 나를 앞에 두고

결코 백지가 되지 못하는 과거를

새삼스레 후회하며

도무지 여유 없는 앞날을 초조해 하며

나는 여기 막막히 서 있는데

해답도 없이 여유도 없이

지친 세월은 멈추지 않고

끝없는 강물처럼 흘러만 가는데

진정 뜻 있게 산다는 게 뭐 길래

아직도 어디로 갈지 방향조차 못 잡고

아직도 스스로의 정체조차 찾지 못하고

지푸라기처럼 날리고 있으니

산다는 게 바람에 떠밀려 가는 구름조각인가?

바람에 휘날리는 나뭇잎인가?

그런 것 미처 깨닫기도 전에

인생 어느덧 그 황혼에 이르렀으니

허망한 한숨만 쉬고 있을 뿐이네.

숙제

하루 종일 살았는데도
깨달은 것 아무것 없네.

하루 종일 기다렸지만
아무도 만날 수 없었네.

내일도 오늘 같은 날일까?

내일이 와도
아무 진리 깨달을 수 없이
평생을 살아도
아무것 풀지 못한 채
무덤 속까지
가슴에 품고 가야 할 것은
사람 바르게 사는 일이건만
그 언저리를 서성이다가
오늘도 헛되이 해는 뜨고 진다.

촛불시위

자기희생의 정수精髓,

순결한 불의 꽃.

그런 촛불의 힘을

불순한 의도로

거리에서 함부로 밝히지 마라.

우리는 너무 많은 허세를

이 촛불의 힘에 의존해 왔다.

이제 촛불은 순수의 제단에

잘 모셔져야 한다.

눈 덮인 나무들처럼

눈 하얗게 뒤집어쓰고
가지 무겁게 늘어뜨린 나무들
내 모습 같고
네 모습 같은 나무들
힘든 일상에 어깨 쳐진
우리 모두의 모습 같은 나무들.

어깨 위에 하얀 눈 힘겹게 뒤집어쓰고
겨울바람에 떨고 서 있는 나무들
눈이 너무나 차고 무거운가?
그러나 봄이 멀지 않았음을 잘 알고 있는
속 깊은 참을성으로
나무들 스스로의 참모습 잘 지키고 있다.

겨울을 참고 버티는 저 나무들처럼
오늘 우리의 삶 어렵고 힘겹더라도

눈바람 다음에 올 봄 기다리며
발뿌리 채여도 넘어지지 말고,
꿋꿋이 살아야 한다.

삼월의 눈

삼월에 내리는 눈은
여늬 달 내리는 눈보다 더 하얘.
꽃을 피우기 위해
봄이 올 때까지
길섶에서
나무 가지 위에서
봄을 기다리는
안타까움으로 녹지 않고 기다린
삼월의 눈이라 함박꽃처럼 곱고 하얘.

바람 아직 차게
볼을 스치지만
삼월의 눈 위로
비치는 햇빛
차츰 두터워지리니
봄이 올 때까지

참고 기다리는 삼월의 눈은
계절이 너무 더디어서 초조해.

삼월의 눈이 녹을 때쯤
봄도 저만치서부터
발소리 죽이며 다가오리니
눈부시게 하얀 눈
함부로 밟지 말고
눈 덮인 나뭇가지
괜히 흔들지도 말고
경건한 마음으로
삼월의 눈 바라보며
봄을 기다려야 하리.

삼월의 눈은
봄을 맞이하기 위한 바람으로
더욱 하얘진 계절의 마음이니까.

한 점, 한 과정

매일 몇 번씩은
어둠을 보고 있으면서도
어둠의 의미를 깨닫지 못했소.

그런데도 어둠 속에서
나는 뭔가를 찾고 싶어 했소.

저 먼 곳에 보이는 불빛
어둠 속의 한 점을
그러나 그것은 한 번도
나의 것이 아니었소.

그런데도 어둠 속에 보이는
그 한 점 불빛을
바라보면서 살아왔기에
나는 포기할 수 없었소.

그토록 이 늙음도
새로운 한 점을 찾기 위한
한 과정에 있음이오.

사랑 없는 세상

봄이 와 꽃이 피었는데
사랑 없는 세상엔
봄도 없소.

창밖은 깊은 바다 속
사랑은 어디에서도 보이지 않소.

봄이 와 꽃이 피었지만
사랑이 없는 곳엔
차가운 바람만 불어
봄이 와도 봄이 아니오.

봄과 함께
좋은 삶을 갖고 싶다고
염원해 보지만
사랑이 없는 세상

밤만 무심히 깊어 갈 뿐

바깥엔 한참 벚꽃이 피고 있는데

내 마음은 찬바람 부는 빈 벌판이오.

후회

한참을 생각했네.
늘 그랬듯이
앞으론 안 그러겠다고.

그러나 늘 그랬던 대로
내일은 나보다
한 발 먼저 와서
내게 유혹의 손짓을 하고 있었네.

그렇게 내일은 어김없이
나보다 한 발 앞서 와서
나의 실수를 부추기고는
나의 어리석음을
비웃고 있었네.

고향

마음은 어디 있나?
아무데도 없는 듯
사랑은 어디 있나?
어디에도 없는 듯
마음도 없고
사랑도 없는데
어디로 가야 하나?
그러나 쓸쓸한 산천
돌고 돌아
어디를 가든
다 추억이 있는 곳
어디를 가든
다 사랑이 있는 곳
잊지 마라,
그 곳이 바로 고향이다.

청문회

가관이야 가관
질문하는 놈이나
대답하는 놈이나
똑같이 가관이야 가관
무슨 성인군자를 뽑는 것도 아니고
무슨 초능력자를 뽑는 것도 아니면서
지가 무슨 성인군자도 아니고
지가 무슨 초능력자도 아니면서
질문하는 놈이나
질문받는 놈이나
성인군자인 척
똑 같은 무논에 피들이면서
가관이야 가관
외려 질문하고 추궁하는 놈이
더 부도덕하고
더 무능력한 놈일지도 모르는데

시치미 뚝 떼고

짐짓 거드름까지 피우면서

온 세상 수많은 청중들.

텔레비전 앞에 모아 놓고

인생에 부정이 있느니 없느니

일에 능력이 있느니 없느니

온 얼굴에 정직한 체 근엄한 체

온갖 엄숙한 표정 다 지으면서

질문하고 답하며

공방을 벌이고 있는 꼴이라니

그야말로 이 세상 최고의 코미디로다.

독재자

정치는 바르게 다스리는 일인데
바르게는 없고 권력의 난무만 있다.
정치는 게임이 아닌데
정치는 국민에 대한 봉사인데
권력에 대한 예의인데
그런 것들 다 무시하고
모든 잘잘못을
제 뜻대로만 결정하는 무례가 있다
그런 무례를 저지르는 자, 그런 무뢰한,
그가 바로 독재자다.

절망

보고 있던 텔레비전을 껐다.

손가락들이 몽땅 다 없어진 두 손,

나는 울컥 눈물이 났다.

정상을 오르기 위해

일생 절벽을 오르며 살던 사람이

절벽 때문에 손가락들이 다 잘려버려

더 이상 절벽을 오를 수 없게 된

손바닥만 남은 밋밋한 두 손을 들어 보이며

허망하게 웃고 있는 모습을 보고

나는 절벽 같은 절망감으로

그만 텔레비전을 끄고 말았다.

그러나 그 허망한 웃음이

다음 순간 절망을 이긴

사람의 참모습이 되어

새삼 내 가슴을 두근거리게 했다.

사랑하고 싶을 뿐이었네

길고 길었네.

내가 걸어 온 길.

어느새 나는 사랑이 아쉬운

그 길목의 끝에 서 있었네.

소주 한 잔의 힘

소주 한 잔의 기쁨으로

살아 온 인생

사람을 사랑하고

사람을 아끼는 마음으로

견디어 온 세월,

그러나 언제나 후회뿐이었네.

어디쯤일까?

내가 사랑하기 위해

걸어 온 길의 그 끝은?

나는 술에 취한 듯 말하네.

그냥 모두를 사랑하고 싶었을 뿐이었다고.

동석同席

얼마쯤 왔을까 싶은데
어느새 날이 저물었네요.
주막은 어디쯤인가요?
주막 가는 길 찾아
어둔 길을 헤매다가
한참 만에 찾은 주막에서
술이 떨어졌단 소리 듣고
막 돌아 서려는데
때마침 부르는 소리,
이리 오시오,
내게 남은 술 있으니
초면이면 어떻소,
술이 좀 남았으니
함께 나눠 마시고 가자 하네.

바람

바람은 맨발로 강을 건넌다.

발바닥에 물 한 방울 묻히지 않고

강변 산자락 파란 풀밭을

무희처럼 가볍게 춤추며 달린다.

풀밭을 밟고 지난 바람의 발자국은

이내 지워지는 흔적만 남길 뿐

바람의 모습은 보이지 않는다.

옥수수 붉은 꽃술이

불꽃처럼 타는 한낮

햇빛 부시는 억새꽃 위로

비늣방울 가벼운 몸짓 하나

가볍게 던져 둔 채로

은빛 갈기 휘날리며

백마처럼 달리는 바람이여!

너는 타타로스*의 아들,

진정 무변無邊의 자유다.

*타타로스: 절대 자유

도봉산 단풍 마주하고

— 수영洙瑛의 시비詩碑 앞에서 —

수영洙暎이 거기 서 있었네.

풀잎보다 더 풋풋한 목소리로

바람을 부르며

산을 부르며

풀잎보다 먼저 허리 펴고

풀잎보다 먼저 고개 들고

도봉산 입구에서

산비탈 단풍을 마주하고

오기찬 모습으로

수영이 거기 서 있었네.

수많은 발길들이

수많은 목소리들이

수많은 흔적들을 남기며

산호처럼 불타는 단풍을 찾아

이어지는 행렬 앞에

바람보다 먼저 일어서는 풀잎처럼
허리 꼿꼿이 세운 수영이
도봉산의 단풍을 바라보고 서 있었네.

갑사甲寺에서

이른 아침
갑사에 닿았다.

미명 채 가시지 않은 시간
산그늘은 부처님 자빈 양
뜨락 위에 가득 드리웠다.

폐부를 씻어내는
산사의 아침 공기는
쪽박으로 떠먹는
옹달샘의 물맛이로구나.

때마침 중년의 스님이
초면인 내게
정중히 인사를 한다.

나도 덩달아

합장으로 답례한다.

불가에서 중생은
모두가 한 가닥 인연이라 했던가.
스님의 인사가 마냥 행복하다.

이웃나무에서는
잠 깬 산새들이
지절스레 우짖는데

담장 밑에 핀
보라색 난초꽃들은
꽃잎 위에 사리 같은 이슬을
마냥 굴리고 있다,

그들 또한 모두가
중생의 한 매듭이 아니겠나,

불당의 부처님이
빙긋이 웃으시며 무심한 듯
앞 뜨락을 내다보고 있다.

세월

세월은 열차다.

어느 땐 완행,

어느 땐 급행,

어느 것을 타든

드디어 우리는 목적지로 간다.

우리는 늘 목적지가 궁금하지만

목적지는 이미 정해져 있으므로

우리는 그냥 타고 가면 된다.

완행이든 급행이든

그것은 사는 방법에 달려 있는데

다들 모른다, 미련하게도.

그렇게 세월은 가고 또 가는데

우리는 멋모르고 그렇게 살아갈 뿐이다.

아무것도 모르고 세월만 탓하면서

열차가 빠르니 느리니

열차가 편하니 불편하니

그 세월이 늘 그 세월인데도
필요 없는 불평만 하면서
우리는 늘 그렇게 살아갈 뿐이다.
헛되이 모두 헛되이.

일상 2

뚜벅뚜벅 그렇게 걷고 있겠지.

그 끝이 어딘지?

그 끝이 어떠한지?

그냥 뚜벅뚜벅

우리는 걷고 있겠지.

그렇게 걷다 보면

언젠가 그 끝이 보이겠지.

뛸 때는 볼 수 없는 곳,

함부로 뛰어서는 갈 수 없는 곳,

그냥 뚜벅뚜벅

자기도 모르게 열심히

그렇게 걷다 보면

보일 그 끝 어디쯤일까?

그런데 오늘도

아무것도 모르는 채

우리는 그냥 뚜벅뚜벅 걷고 있겠지.

봄의 느낌

창밖을 내다보면
꽤나 바쁜
손짓 같기도 하고
눈짓 같기도 한
그러나 보이지 않는
부산스런 움직임이 있다.

창밖에 귀 기울이면
아주 나직한
속삭임 같기도 하고
숨소리 같기도 한
그러나 귀로는 들리지 않는
두런대는 소리들이 있다.

그 몸짓들
그 두런대는 소리들 사이로

분명 도타와진 햇살이

하얀 옥양목에

물기 번지듯 얇게 퍼지고 있다.

아침이슬

너는 이 지상에서
가장 먼저 일어나
가장 맑게 머물지만
햇빛이 모두를 불러낼 때쯤
가장 먼저 덧없이 사라진다.

너는 안으로는 스미지 못하고
늘상 겉으로만 맺혀서
새벽빛 스치는 풀잎 위로
또르르 영롱하게 구르다가
가장 먼저 흔적 없이 사라지는
안타까운 눈물이다.

너는 너무 투명해서
눈에 잘 잡히지도 않고
다만 마음으로만 느껴지는

풀잎의 짧은 숨결이
해 뜨기 전의 바람 속에서
알알이 맺힌 진주다.

겨울나무

남루襤褸 한 점 걸치지 않고
맵고 찬 바람 부는 허허 벌판에
뼈대만 남은 두 팔 하늘 향해 벌린 채
꿋꿋이 서 있는 겨울나무여!
그대 결기가 대단하구나.

아름답던 꽃들도
눈부시던 신록도
풍요롭던 녹음도
찬란하던 단풍도
모두가 한낱 덧없는 영화榮華였구나.

그런 것 다 벗어 버린 뒤에사
비로소 본래의 제 모습으로 돌아와
자유처럼 두 팔 벌리고 선 겨울나무여!

뿌리 깊은 줄기와

튼튼한 가지 곧게 뻗고서야

진짜 목 자木字로 서 있는 그대

이제사 참 나무다운 모습이로구나.

건망증

금방 쓰다 둔 볼펜을
어디다 두었는지 몰라
한참을 허둥대다
상의 호주머니에서
찾게 되는 적 허다하다.

길을 가다
근사한 시구 떠올라
기억의 갈피에
꼼꼼히 새겨 놓았다가
집으로 돌아와
막상 펜을 들고 쓰려고 하면
그 시구 흔적 없이 사라진다.

외출 중에
갑자기 집에 전화 걸 일이 생겨

공중전화부스에서
송수화기를 드는 순간
집 전화번호가
까마득히 사라진다.

고등학교 동창회에서
오랜만에 만난 친구와
반갑게 악수까지 했는데
정작 그 친구의 이름이
떠오르질 않아 당황한다.

아내의 생일은 물론
우리들 결혼 날짜도
의례 기억 못하기 일쑤고
이따금 내 이름
내 생일조차
깜박 잊을 때도 있다.

이런 모든 것이
늙어버린 나이 탓일까?

여태 마신 술 탓일까?

그래도 하루 세 끼

밥은 잘 찾아 먹고 있으니

그나마 다행한 일일는지 모른다.

개롱開籠공원 이야기

우리 아파트 근처 개롱공원에는
개롱마을 유래 새긴 화강암 비석 하나
공원 맨 윗자리에 늠름히 서 있다.
그 비석 주변엔 발목 붉은 비둘기들이
텃새처럼 모여 살고 있는데
그 비둘기들 늘 행복해 보인다.
이곳 주민들 아침저녁 이곳을 찾아
산책도 하고, 운동도 하고,
시원한 약수도 마시고
벤치에 앉아 쉬기도 하는데
그들 중 어느 누구도
그 비석 유심히 보는 사람 없다.
그들에게 그 비석은
아무 곳에서나 자주 마주칠 수 있는
평범한 석물石物에 불과하기 때문일까?
그 비석에 새겨진 개롱마을 유래의 한복판에

수호신처럼 우뚝 서 있는 임경업 장군을
그들은 한 번도 만난 적 없기에
임경업 정군이 갑박산甲朴山 기슭에서
발견한 장롱의 전설을 알 리 없고
그 장롱 속에서 번적거리는 갑옷 한 벌 찾아 입고
호적胡狄 무찌른 위업 덕분에
이곳을 개롱이라 일컫게 된 내력 또한 알 리 없을 것
이다.
단지 오금동, 거여동, 가락동으로만 알고 있을 뿐
개롱마을의 또 다른 역사엔 관심도 없지만
그러나 우리가 찾는 개롱공원은 늘 거기에 있다.
시원한 바람 부는 개롱공원에
짧지 않은 유월의 하루해도 지고
서녘 하늘 불사르던 노을도 지고
아득한 하늘 저쪽으로부터
물밀 듯 어둠이 밀려오면

하늘도 사라지고, 숲도 사라지고
사람들의 발길도 사라지고, 말소리도 끊어지고
개롱 근린공원은 어둔 적막 속에 잠긴다.
그러나 오직 발목 붉은 잿빛 비둘기들만은
개롱공원의 주인으로 남아
날밤을 비석에 부리를 갈고
모이를 쪼듯 어둠을 쪼며
임경업 장군과 더불어
개롱공원의 긴긴 밤을 지새운다.

아침이슬

너는 이 지상에서
가장 짧게 머물다
사라지는 숨결이다.

너는 밖으로 내뱉지 못하고
곱게 안으로만 들이쉬는 한숨이다.

새벽빛 내리는 풀잎 위로
또르르 말리는
아, 맑은 물방울 한 알 한 알들.

너무 투명해
눈에 잘 뜨이지 않는 너는
풀잎이 내쉬는 작은 숨결이
영롱하게 맺힌 진주眞珠다.

북소리

속 다 비우고
껍데기로만
살아남은 자의
절절한 목소리로다.

살을 저며 내고
뼈를 깎아내며
몇 번이나 혼절하는
시련을 겪고서야
비로소 모든 속 온전하게
발기어진 껍데기로 남아
간신히 혼백의
주인이 된 자의
한 서린 목소리로다.

힘차게 북을 치면

껍데기에 갇혔던

온갖 목소리가

한 맺힌 자의 울음이 되어

아, 구천에 사무치는구나.

분수

저 빛나는 날갯짓을 보라.
하늘 정수리까지
일직선으로 솟아올라
요요遙遙히 빛나는
저 찬란한 날갯짓을 보라.

혼신의 힘을 다해 펼치는
그대의 용솟음은
한계에 도전하는 위대한 정신
그런 그대의 날갯짓은
솟아오를 때보다
추락할 때가 더 호기롭다.

비록 하늘 한 자락
부여잡지 못하였어도
끊임없이 한계의 벽에 도전하는 그대는
끝내 구슬처럼 산화하는 고귀한 혼이다.

민들레

밤새 눈 반짝이며
밤하늘 지키던 별들이
오월 푸른 들판에 내려와
노란 꽃, 하얀 꽃
숱하게 피었네.

가녀린 꽃대 위에
꽃 한 송이씩
촛불처럼 환히 밝힌 민들레꽃들은
해 질 녘 하얗게 센 머리칼 풀고
바람 따라 훌훌
깃털처럼 날아가네.
씨알마다 꽃 한 송이씩
가득 가득 싣고.

머리 하얗게 센 민들레야,

너는 고향 없는 꽃,
태어날 때 이미 바람의 씨앗인 걸,
아름답던 꽃잎이야
언젠가는 세월 따라 져버리겠지만
씨앗은 영원을 약속하며
또 바람 따라 어디론가 떠날 것이네.

공기보다 가볍게
햇빛보다 환하게
머리 하얗게 푼 민들레는
새로운 세상에 새 씨앗 뿌리려
흰 머리 휘날리며
바람 타고 어디론가 떠날 것이네.

머리 하얗게 샌 민들레는
언젠가는 하얗게 샌 머리
다 날린 뒤
어느 하늘 아래서
노란 꽃 하얀 꽃으로
다시 새로운 보금자리 잡을 것이네.

단풍

하늘에서 내리는 빛이
산골짝마다 붉은 색깔 쏟아 붓는다.

색깔은 색깔로만 남아 있질 못하고
황홀한 함성으로 터져 나온다.

지나던 바람이 색깔에 취해
산을 향해 치닫자
산은 붉은 색깔을 토하며 응수한다.

바람에 날린 단풍잎들이
바람개비처럼 허공을 맴돌다가
하나둘 시나브로 떨어지더니
땅 위에 페르시아 카펫을 깐다.

공원에서 부는 바람

공원에서 부는 바람은
늘 공원 안에서만 분다.

내가 공원 밖을 다 버리고 왔듯이
공원에서 부는 바람도
공원 밖을 다 버리고 왔다.

공원에서 부는 바람은
나를 따라 공원의 산책로로만 불고
공원의 풀밭 위로만 불고
나무 가지를 흔들며
꽃가지를 흔들며
공원 안으로만 분다.

그 바람은
나를 따라 부는 바람이므로

내가 공원 밖으로 나가지 않는 한
결코 공원 밖으로는 나가지 않는다.

공원이 늘 거기 있으므로
나도 늘 거기 있고
계절도 늘 거기 있다.

계절이 늘 거기 있으므로
공원도 늘 거기 있고
건강하기 위해 행복하기 위해
나도 늘 거기 있다.

공원에서 부는 바람은
나를 공원으로 불러들이기 위해
공원을 떠나지 않고
늘 공원 안에서만 분다.

뻐꾸기 소리

뻐꾸기는 구름 속에서 울고
바람 속에서 운다.

숨이 막히는 도시가 싫어
뻐꾸기는 몸은 숲에 두고
목소리만 이 도시로 와서 운다.

피를 내뱉듯
마디마디 우는 뻐꾸기는
어느 공원 나무 뒤에 몸 숨긴 채
이 삭막한 도시를 향해
고향 같은 그리움을
이리도 절절히 토해내는지.

칡덩굴

서로의 어깨걸이가 무거워
너희는 깊숙이 몸을 낮춘다.
가장 지극한 겸손이 몸에 배어
배를 깔고
여러 줄기들이 뒤엉켜서야
너희는 비로소 힘을 모아
천천히 앞으로 나아간다.
혼자서는 가지 못할 길을
너희는 서로 얽힘으로써
길이 없는 곳에서도
길을 만들며 나아간다.
따로는 갈 수 없기에
함께 하는 어깨걸이로
너희는 길 없는 길을 포복하며
그 뜻 꼿꼿이 세운다.
가슴에 피멍이 들도록

힘들게 포복하지만

함께 뒤엉킬 수 있는 것만으로도

너희 몸은 한없이 강해지고

너희 목숨도 한없이 질겨진다.

서로의 어깨걸이가

서로의 뒤엉킴이

서로에게 엄청난 힘이 되어

너희는 길이 없는 곳에서도

끝내 길을 만들어

끈질긴 행진을 이어간다.

청죽青竹 앞에서

산비탈 바위틈에
뿌리 내린 청죽 한 그루
단호한 규정의 마디를 이기고
오로지 올곧게 자란 일신一身이
한 점 티 없이 청청靑靑하구나.

시류에 물들고
출세에만 눈멀어
불의 앞에 몸 굽히는 자들은
바람 앞에서도 의연히
몸 세우는 청죽 앞에서
절로 낯부끄러워 고개 숙이리.

사랑이나 하고 싶네

나 오늘 뭣 때문에
여기 서 있나?
술이 취한 김에
세상을 욕하고
술이 취한 김에
나를 욕하고
그러고 싶어
여기 서 있지.

그러나 결국 얻을 게 뭔가?
오늘도 내일 같고
내일도 오늘 같은 세월
오늘 여기서
비로소 나를 찾아야 한다면
아무도 욕하지 말고.
사랑이나 하고 싶네.

하루 이틀 평범히 살면서도

한 번뿐인 내 인생을 걸만한

그런 사랑을 꼭 하고 싶네.

술은

자학도 나를 사랑하는 일이다
그런 나를 나무라지 마라.
자학을 위해 마시는 술
이 또한 나를 사랑하는 한 방식이다.

그래서 나를 사랑하고플 때
나는 나에게 술을 먹인다.
마신만큼 취하는 기분
술은 언제나 공평하다.

어느 봄날

다들 공연히 들뜨는
어느 봄날
화분花粉처럼 부서진 햇살이
신록 사이로 비치자
바람은 나뭇잎 흔들며
담수어淡水魚처럼 꼬리 치네.

어느덧 겨울 다 간
먼 데 숲에서
토막토막
뻐꾸기 소리 들려오니
이 세상 어언 봄날이 와
마냥 따뜻하고 평화롭네.

폭포

너 스스로를 내던지고서야
뜻을 이룩하는 추락의 미학자美學者.

여러 갈래로
흩어졌던 물줄기들을
한데로 모아
가장 아름답게
가장 힘차게
스스럼없이 떨어지는
너의 행위는 절정의 몸짓.

떨어짐만이 너의 사명인 양
떨어짐만이 너의 역할인 양
아무도 무서워 떨어지려 하지 않을 때도
서슴없이 천인千仞 절벽에서 떨어져
너 스스로를 완성하는 용단勇斷의 미학자,

그 높은 곳에서 떨어지는 순간
두려워 울부짖으면서도
물러서지 않고 떨어져
너 스스로를 이루는 용기,

너는 그렇게 떨어졌어도
멍 한 점 들지 않고
오히려 희디 흰 꽃으로 피어난다.

가을 하루

새벽빛 은밀히 퍼져온다.
하늘 맨 끝자락 어둠을 젖히고,
저 빛 이제 어디로 퍼져나갈지?
구정물을 헤치고 스미는 맑은 물줄기처럼
내 창문의 어둠을 닦아내는 저 새벽빛이
탯줄을 달고 나온 아이의
첫 울음 소리처럼 퍼져
두껍고 묵은 때를 닦아내 듯
내 창문의 어둠을 닦아내고는
이윽고 인화지印畵紙에 현상되는 풍경화처럼
산이며 나무며 집들이
어둠을 풀고 서서히 일어나
부스스 눈을 비빈다.
그 엷은 새벽빛 사이로
빨강 노랑 의상으로 갈아입은 가을 나무들이
드디어 등장하는 주인공처럼 걸어 나오면서
가을 하루의 화려한 첫 장면을 펼친다.
아, 아름다운 가을이여!

인생

오줌을 누고 나서 세수를 하고
세수를 하고 나서 밥을 먹고
밥을 먹다가 토하기도 하고
공자 왈 맹자 왈 하다가
지랄발광을 하고
지랄발광을 하다가도
배가 고프면 정신이 든다.
인생이 어떻고 저떻고 하다가
그러는 인생을 허무하다 절망하고
긴긴 겨울밤 춥고 지루해도
쓴 소주 한 잔에 인생이 즐거워진다.
소주 한 잔에 어질어질
약간은 뒤죽박죽이라서
재미있는 인생이라고
뒤죽박죽에 익숙하기 위해
인간은 책을 읽고 경험을 쌓는다고
그러면서 이따금 하느님을 찾는다고
그런 게 바로 인생이라고.

밤

이 세상 온갖 빛들이 응집된
해를 삼키고 서야
드디어 가슴이 새까맣게 탄
크고 검은 고래 한 마리가
내 거실의 창문 앞에서
가쁜 숨을 몰아쉬고 있다.

거실로 들어오려도 들어올 수 없어
내뱉는 그의 가쁜 숨결 때문에
내 거실의 창유리가
볼록해졌다가 오목해졌다가 한다.

그런 사이 질긴 시간의 끈은
빛의 중심을 향해
끊임없는 자맥질을 시도하고
빛에 눈이 부신 공간은
눈을 감고 깊은 잠에 빠진다.

새벽빛 너머

먼 하늘 끝 어둠을 젖히고
새벽빛 은밀히 아침을 열자
동녘 어디쯤에설까?
눈부신 하늘 환히 열려오네.

그 새벽빛
내 창문의 어둠 닦아 내면
인화지에 번지는 영상처럼
어둠에 묻혔던 산이며 나무들이
비로소 몸을 털며 일어서네.

산이여, 나무들이여!
어디 숨었다가
새벽빛 벗고서야
이리도 황홀히 나타나나?
가을이 지나는 거리

우리는 거기를 지나고 있었지.

가을이 지나면서 손짓하고

우리도 지나면서 손짓하는

그 가을의 끄트머리에서

우리는 마냥 쓸쓸하기만 했지.

늘 혼자 지나는

호젓한 거리엔

가을 찬바람만 불어

우리는 몸과 마음이 함께 추웠지만

우리는 사랑하며 살았지.

여든이 다 되도록 함께 손을 꼭 잡고.

산 밖에서

비 오기 전 한없이 멀어졌던 산이
비 개인 뒤 바로 눈앞으로 다가오네.

간 밤 내린 비로
나신裸身처럼 선명한 능선을 가다듬고
깨끗이 씻은 얼굴
물기 반짝이며
다가온 산이
어서 함께 가자고
내게 말하네.

그러나 나는 늘 산 밖에서
허수아비처럼 멍청히 서 있을 뿐,
산은 언제나 먼발치에 있네.

종이없는벽지의 행복

벽지보다 더 매끈하고
벽지보다 더 선명한 무늬
벽지보다 더 벽지 같은
종이없는벽지가 우리 집 벽에서
신선한 자연을 내뿜고 있다.
온갖 색깔의 꽃과 나비들이
살아있듯 날고 있는
우리 집 거실은 세상에서
가장 건강한 공간.
그런 벽에 둘러싸여
살고 있는 우리 식구들은
세상에서 가장 행복한 사람들.
종이없는벽지 덕에
우리 식구들은
세상에서 가장 건강하게
가장 활기 있게

살 수 있으므로

종이없는벽지는 행복의 샘.

'달팽이의 운명'과 강물의 사랑 노래

시인의 시가 시간의 흐름에 따라 어떻게 변했는가 하는 문제는 평자의 중요한 관심사가 된다. 그것은 일관성과 변화의 추이가 관심의 초점이 될 수 있기 때문이다. 첫 시집 「가을의 意志」의 서평도 본인이 썼기 때문에 더욱 그렇다. 서평의 제목을 '낭만적 정조와 아이러니의 지혜'라고 붙인 것이 별 무리가 없다고 새삼 느꼈기 때문이다. 이것이 작자의 시적 성정이라고 한다면 첫 시집의 연계선상에서 제2시집의 시적 흐름을 볼 수 있기 때문이다. 우리는 생활인으로서의 인품과 시인으로서의 자질이 대체로 유사함을 많이 볼 수 있으나 작자의 경우 평소에 전연 찾아 볼 수 없었던 다정다감하고 섬세한 서정이 쏟아져 나오는 데 놀라지 않을 수가 없다. 이번 시집에는 전에 비해 시국에 관한 직설적인 성토 같은 격한 어조의 시가 여러 군데 보이기도 하지만 이는 평소에 지인들이 느끼는 직선적인 소탈한 성격의 발로라는 점에서 이상할 것이 없다. 오히려 섬세한 서정은 물론, 발랄한 기지가 기교의 옷을 걸치지 않고 풋풋한 내음으로 다가옴을 느낄 수 있다.

치약으로 이를 닦으면 하얀 거품이 난다.
비누로 손을 씻어도 하얀 거품이 난다,
분홍색 치약으로 이를 닦아도 하얀 거품이 나고
파란색 치약으로 이를 닦아도 하얀 거품이 난다.
노란색 비누로 얼굴을 씻어도 하얀 거품이 나고
초콜릿색 비누로 손을 씻어도 하얀 거품이 난다.
아무리 진한 색깔이라도
문지르면 결국 하얀 거품이 나고
닳아지는 것은 다 하얀 거품이 난다.
그런 하얀 거품은 하얀 거품으로 오래 남지 못하고
바람 빠지는 풍선처럼 너무나 쉽게 스러진다.

세월이 가면서 사람도 별 수 없이 하얘진다.

-「**하얘지면**」

시는 고도의 압축된 의미를 띠면서 서정의 금선琴線을 울리는 것이 시적 표현의 일반화 된 현상이다. 그러나 산문

시와 같이 산문적 구문構文이면서 시 문장 전체가 통합된 의미를 압축적으로 내포하고 있는 그런 유형의 시도 있다. 이 시가 바로 그런 예가 된다. 마지막 행으로 시적 진술의 전체를 집약하고 있다. 귀납법식 산문 구조다. 9행까지는 동의同意의 사례가 열거된 것이고 10행과 11행은 산문 형식으로 보면 추리 과정이고 12행이 결론에 해당한다. 그러나 결론 같은 마지막 행에서의 하얀색은 여러 가지 상징적 의미를 띨 수 있다. 앞의 9개의 행은 결행結行의 무게를 실어주는 중요한 역할을 한다. 시의 성공 여부를 좌우하는 중요한 모티브가 된다. 이것은 일반적인 사실에서 시인의 기지가 찾아낸 의미에 동원된 재료들이다. 하얀색의 의미는 '사람도 별 수 없이' 늙어 백발이 된 무기력의 상태에서 개성 있는 새로운 의미로 굴절되었으면 어땠을까 하는 생각을 해 본다.

달팽이는 태어나면서부터
원룸 한 채씩 짊어진다,

아버지도 한 채

어머니도 한 채
아들도 한 채
딸도 한 채
집 걱정은 없이 태어난다.

그러나 태어나면서부터
얻은 원룸 한 채
짊어지고 살아야하는
달팽이의 일생은
고마운 원 룸 때문에
오히려 고달프기만 하다.

벗어 던 질 수도
팔아버릴 수도 없이
언제 어디서나 짊어지고 다녀야 하는
그 원룸의 무게 때문에
달팽이는 평생을 숙명처럼
엉금엉금 기어 다닐 수밖에 없다.

-「**달팽이의 운명**」

이 시 역시 시인의 기지가 돋보인다. 예부터 시인을 일러 연금술사鍊金術師라 일컫는 것은 바로 이런 시에서 새겨볼 만하다. 달팽이나 거북을 통해서 그 껍질이나 등에서 무거운 짐을 연상하고 거기서 협소한 주택 공간인 원룸을 유추한다는 것은 기발한 기지機智다. 가족을 통해서 인생이 확대 해석되고 '고마운 원룸 때문에 오히려 고달프기만 한' 인생이 역설과 아이러니와 풍자로 삶의 고통을 신랄하게 드러내 보인다. 대개 역설적 표현은 시문 속에서 부분적으로 드러나서 국소적 효과를 발휘하기 마련인데 이렇게 시문 전체가 평이한 서술체로 인생역정의 험로를 고발하는 일은 용이한 일이 아니다.

새벽 적막을
벽시계의 초침소리가
한 뜸 한 뜸 살을 저미며
누비고 있소.

캄캄한 적막 속에서
문득 오래 전 헤어진 뒤
기억조차 가뭇한
하얀 얼굴 하나가

물에 씻긴 조약돌처럼 떠올랐소.
가슴 한복판에 찍히는
깊은 心印 하나를
어이 지우리오.

개울물 속 하얀 조약돌처럼
떠오르는 너의 얼굴을
아! 어이 잊으리오.

-「얼굴」

서정시 중에서 많이 등장하는 시가 그리움을 주제로 하는 시다. 가령 많이 인용되는 칼 붓세의 「저 산 너머」라는 시를 보면 '저 산 너머 하늘가에/ 행복이 있다기에/ 남을 믿고 다라 갔더니/ 눈물만 흘리고 되돌아 왔네/ 저 산 너머 하늘가에/ 행복이 있다기에/남을 믿고 따라 갔더니/ 눈물만 흘리고 되돌아 왔네/ 저 산 너머 하늘가에/ 행복이 숨었다고 모두들 말하지만.'이라든가. 정지용의 「호수」는 '얼굴 하나야/ 손바닥 둘로 / 폭 가리지만/ 보고 싶은 마음/ 호수만 하니/ 눈감을 밖에'로 끝나는 단형시로 널리 알려져 있다. 앞의 예시는 인생의 허무와 비애를 조용한 강물처럼 흐느끼는 심정을 묘사한 것이라면, 뒤의 예시는 절절한 그리움을 고도의 압축된 묘사(비유)로 서정의 기층을 울린다고나 할까, '벽시계의 초침소리가/ 한 뜸 한 뜸 살을 저미는' 새벽 시간의 애절한 심정이나 '하얀 얼굴 하나가/ 물에 씻긴 조약돌처럼, 떠오르는' 그리움의 비유는 매우 절실하고 참신하다. 이 비유 속에는 그리움이 흔히 빠지기 쉬운 어두운 감상感傷을 극복하고 물속의 조약돌처럼 가슴에 반짝이는 점 하나로 승화되어 있다. 이와 같이 시는 시인의 생각이나 감정이 항상 새로운 이미지를 건져 올리는 에너지원이 된다는 것을 새삼 느끼게 한다. 그래서 시를 고도의 에너지의 구조물이라고 일컫기도 한다.

속 다 비우고
껍데기로만
살아남은 者의
切切한 목소리로다.

살을 저며 내고
뼈를 깎아내며
몇 번이나 혼절하는

시련을 겪고서야
비로소 모든 속 온전하게
발기어진 껍데기로 남아
간신히 魂魄의
주인이 된 者의
恨 서린 목소리로다.

힘차게 북을 치면
껍데기에 갇혔던
온갖 목소리가
恨맺힌 자의 울음이 되어
아, 九天에 사무치는구나.

-「북소리」

제1집에서도 「북」이라는 제목의 시가 있다. 동일 계열의 주제성을 띤다. 반복은 시인의 시적 취향을 가늠하는 한 요소가 된다. 시적 동기와 관련지어 보면 시인은 포만감에서보다 공복감에서 출발하기가 일쑤다. 뜨거운 사랑이나 열망이나 그 밖의 집중적 관심이 시적 과정의 시작과 끝이라면 그가 추구하는 대상의 생태는 늘 겉으로 비어 있어야 한다. 그 빈 속에 시인이 발굴한 진실을 채우는 일이 시작(詩作)행위다. 이런 원리에 부합되는 예로 많이 등장하는 시가 '항아리'다. '북'도 그런 유의 시다. 북은 악기의 일종이지만 그 소리도 멜로디도 여운도 없이 둔탁하기만 하다. 이 점이 오히려 시적 소재의 매력을 주는 것이 사실이다. 이 시는 평소에 느끼는 평범한 제조 과정의 상식성을 극복하고 1,2 연에서 보여준 발랄한 이미지의 창출이 매우 참신하다. '힘차게 북을 치면/ 껍데기에 갇혔던/ 온갖 목소리가/ 한 맺힌 자의 울음이 되어'에서 껍데기의 문맥 의미는 그것이 함축하고 있는 다양한 내포로 의미상의 내역(內域)이 확산될 수 있다. 그러나 여기서 한(恨)이라는 늪에 빠지지 않고 지속적인 이미지의 굴절을 거쳐 다양한 슬픔의 구조물을 형성했더라면 하는 아쉬움이 들기도 한다.

만약에 말이야
만약에게 물어서
사랑도 이룰 수 있고
행복도 누릴 수 있고
명예도 누릴 수 있고
바라는 것 다 달성할 수 있다면 말이야

만약에, 만약에게 물어서
그런 것 다 이룰 수 있다면 말이야
만약은 만사형통의 열쇠지.

그래서 만약에게
인생을 다 걸고
살아갈 수 있다면
그래서 인생이 행복할 수 있다면
얼마나 좋겠냔 말이야.

그러나 만약은 늘 미지수
인생이 속임수로 남겨 놓은 변수,

어떤 인생의 마지막 달콤한 약속.
그래서 만약은 늘 만약일 뿐이다.

-「**만약**」

술 한 잔 하고 객기 섞인 인생 담론으로 호기 등등한 한 장면이 떠오른다. 작자의 재치가 마치 볶인 콩이 냄비에서 톡톡 튀는 것 같은 느낌이 든다. 인생은 가정假定의 진실 위에서 살다가 그 진실 안에서 죽는 것이 아닐까? 인생을 많이 살아보고 이제 노경에 접어들어 후회도 아니고 회한도 아니면서 그렇다고 체념도 아닌 편안한 허탈감, 그것은 마지막 행에서 마치 '산은 산이요, 물은 물이로다.'의 득도得道의 진실 같은 미소를 느낀다. 시는 실속 없는 화려한 빈 목소리 같은 허무감도 들기도 한다. 허무는 아무리 피하려 해도 인간 운명의 원형에 자리 잡은 방석이다. 그래서 인간의 자가당착은 인간의 유언 속에 꼭꼭 숨어 있는지도 모른다.

세월이 가득 담겨 흐르는 것이다.
때론, 흐름을 멈춘 듯, 잘 닦은 거울이 되어,
그러나 강물은 한 순간도 멈추지 않고
수없이 많은 얼굴을 하고
말없이
그 긴 忍苦의 세월을 언제나
유유히 흐르는 것이다.

스스로의 처음에 대해
생각해 본 적 없고
스스로의 끝에 대해
상상해 본 적도 없이
강물은 스스로가 세월이 되어

제 갈 길 따라 흐를 뿐,
세월을 피할 수 없는
당신과 나도
어느 새 강물이 되어
세월 따라 흐르는 것이다.

-「강물」

강물은 끝이 아니다. 바다라고 하는 무한의 시간 속으로 잠적할 때까지 흐른다. 그래서 강물이 세월에 비유되고 인생에 비유된다. 강물은 그 속에 많은 삶을 만나고 키우고 때로는 지우고(아니 지워지고) 지상의 날씨 못지않게 무수한 변화를 겪으면서도 보이지 않는 심장은 꺼지지 않고 바다로 흘러든다. 바다가 종점이라는 생각도 하지 않고. 이 「강물」은 작자가 강물 아닌 개천에서 온갖 자맥질을 하다가 강물을 만나면 인생과 세월의 의미를 발견한 노래다. '처음에 대해 생각해 본 적 없고 끝에 대해 생각해 본 적 없는' 강물에 눈을 뜬 것이다. 기발한 이데아나 이미지를 노래할 필요도 없고 그러기 위해 그 많은 수사修辭를 나열할 필요도 없었다. 아무리 맑은 강물도 인간의 얼굴을 거울같이 비추어 주지 않는다. 그것이 강물의 본능이다. 어렴

풋이 떠오른 자신의 얼굴을 바라보는 것으로 인생의 의미를 발견하는 행복으로 생각하는 그런 암시가 은은히 배어 있다.

사람의 성격은 변하지 않는다는 것을 작자의 이번 시를 통해서 다시 한 번 느꼈다. 서두에서 작자의 시가 어떻게 변했는지에 대한 호기심을 이야기 했지만 별로 변한 것이 없었다. 그것은 실망이나 체념보다는 작자의 얼굴(시)을 통한 그의 성정을 확인하는 의미가 더 컸기 때문이다. 세련된 기교보다는 풋풋한 소박미가 더 시적일 수가 있다. 장콕토는 「뱀」이란 제목의 시를 '너무 길다.'라는 한 줄로 압축해서 표현했다. 소박미는 단순히 평범한 표현에서만 깃들어 있는 것이 아니라면 분대粉黛가 묻지 않은 미인의 얼굴을 시 속에 담는 것은 시인의 이상이다. 늙어 시력과 청력이 안으로 들어가는 것이 시인의 행복이다. 상상력은 시인의 나이와 아무 상관이 없이 시인의 머리를 지키며 산다. 시에는 만학晩學이 없다. 타고난 재질은 쓰고 가는 것이 하늘이 준 도리다.

고봉산 우거(寓居)에서

유시욱(문학평론가)